스토리Story가 있는 프레젠테이션Presentation

스토리Story가 있는

프레젠테이션
Presentation

박호범 윤화준 한기정 지음
최경이 사진

+ **창**의적 사고로
+ **의**도가 노출되지 않게
+ **적**절한 사례를 통해 증명하라!

솔과학

스토리가 있는 프레젠테이션으로
핵심가치를 전달하라.

프롤로그

프레젠테이션(Presentation)은 누구나 쉽게 사용할 수 있어야 하며, 전달하고자 하는 내용을 발표자의 것으로 습득해야만 효과적으로 전달할 수 있다.

프레젠테이션 발표에 도전하는 사람들이 어려워하는 점은 다음과 같다. 첫 번째는 전개, 내용, 전달의 어려움 때문에 사용 및 응용방법이 어렵고, 두 번째는 단어의 확장과 연관성 및 문장을 구성하는 것이 어렵고, 세 번째로 타이틀에 대한 정의와 스토리를 시각화해서 제작하는 것을 어려워한다. 그리고 마지막으로 발표자의 생각과 전달하고자 하는 내용이 발표의도에 포함이 되어야 하는데 본인의 의사와 다른 의도로 전달될 수 있음을 고민 한다. 따라서 발표자의 의도가 시각화로 제작되어 청중에게 효과적으로 전달되어야 한다. 해결방법, 첫째는 사물에 대한 의미를 확인하고, 둘째는 연관성을 찾아 내용을 구성하고, 셋째는 시각화로 재구성하는 방법을 학습하면 된다.

전달할 주제에 연상되는 이미지를 생각하고 기재를 선정하여 내포된 의미를 찾아 단어의 확장과 선택을 통해 스토리를 구성하는 방법을 제공할 것이며 발표자들이 고민하는 프레젠테이션을 창의적이고 스토리가 있는 프레젠테이션을 통해 접근절차에 대한 이해와 발표 자료를 창의적으로 제작하고 쉽게 사용하는 방법을 이해하게 될 것이다.

이 책은 프레젠테이션에 도전하는 발표자와 새로운 아이디어를 얻고자 하는 숙련된 발표자에게도 도움이 될 것이다.

프레젠테이션을 지원한다.

프레젠테이션 구조를 이해하는 것이 좋다. 그런데 습관적으로 발표주제에 대한 스토리 전개를 고민하는 것보다 컴퓨터부터 켜고 흰 창과 씨름한다. 템플릿을 찾아내고 내용을 생각하며 다양한 정보를 획득하기 위해 고민을 한다. 시간의 촉박함을 느끼면 과거의 기록을 참고한다. 자료제작에 만족하며 고민하지 않고 자료를 읽어 나간다. 그리고 끝났음에 안도한다. 그리고 다음에는 창의적으로 해보겠다는 다짐을 하지만 프레젠테이션에는 변화가 없다. 새로운 접근방법을 모르기에 과거의 방법에서 벗어나지 못하며 과거를 답습한다.

무엇이 문제인가?를 정확하게 진단을 해야 한다. 시각화된 자료의 구조화를 이해하면 쉽게 프레젠테이션을 할 수 있다. 따라서 구조화를 이해하고 하나의 스토리를 하나의 메시지로 자료 제작하는 방법을 알아야 한다.

한 장의 자료를 만들기 위해서는 용어 선택의 폭이 넓은 발표자는 자신의 의도에 맞는 단어선택을 통해 전개할 수 있지만, 대부분의 발표자들은 용어 및 내용의 반복으로 어려움을 겪는다. 그래서

• 프레젠테이션 제작 절차 시스템으로 시각화 자료를 제작하면 된다.

절차

1. 주제설정	2. 개체 설정	3. 개체정보획득
4. 개체의미부여	5. 디자인구성	6. 전달방법학습

앞의 절차를 적용하면 프레젠테이션 자료를 창의적으로 제작할 수 있으며 효과적인 발표를 할 수 있다.

강의를 하면 학생들은 답을 찾는 방법을 잘 알고 있다고 느낀다. 하지만 생각을 정리하고 조립해서 서술 식으로 표현하는 것은 어렵고 힘들어한다. 그래서 학생들의 발표를 돕기 위해 절차를 숙지시키고 잘 말하는 발표훈련을 한다.

학생들에게 '친구'라는 주제를 제시하며 발표를 시켰다. 대부분의 학생들은 단답식으로 '도움을 주는 친구', '재미있는 놀이를 하는 친구', '배려하는 친구' 등 그들은 적절한 단어를 선택하고 답변을 했다. 하지만 구체적인 상황 설명을 요구하면 서술 식으로 답을 하지 못했다. 단답식 답을 찾는 훈련에 익숙해 있지만 자신의 생각을 정리하고 조립해서 구체적으로 설명하는 것을 어려워했다. 이런 부분을 극복하고 자신감을 배양하고 자존감을 회복시켜야 하는 이유다.

이는 학생뿐만 아니라 성인들도 포함이 된다. 절차의 적용을 통해 그들의 창의적 활동을 돕고 성장을 지원할 것이다.

특히 Ⅱ장에서는 사진으로 풀어가는 프레젠테이션으로 시각적 전달효과를 높이는 방법으로 사진을 이용한 내용을 전개하였다. 사진 제공은 최경이 사진작가가 제공을 했다.

대부분의 사진은 저작권 설정이 되어 있기에 무단 사용은 금지되어 있다. 그렇기 때문에 저작권에 관련되어 있는 부분은 유료나 무료 사용 그리고 상업적 목적 사용에 대한 동의 후 사용해야 향후 문제가 될 수 있는 소지를 제거할 수 있다. 그래서 세심한 주의가 요망되는 부분이며 특히 '캡처'라는 방법을 통해 저작권을 침해해서 무단 사용하는 것을 지양되어야 한다.

이러한 우려를 제거하기 위해 최경이 사진작가로부터 직접 사용 허락을 받아 문제가 될 수 있는 소지를 사전에 제거하고 내용을 전개했다. 구글, 네이버, 어도비스탁 등에서 무료로 사용할 수 있는 사진들은 많지만 의도와 목적에 부합하는 사진들을 수집하기에는 한계가 있고, 유료화 되어 있는 사진들이 많아 사용에 어려운 점이 있다.

사진 한 장에는 1,000자 이상의 텍스트가 숨어 있다. 이를 스토리로 전달하여 감동을 줄 수 있는 시각화 자료가 되어야 한다.

최경이 사진작가의 협조를 받을 때 '나의 감정과 스토리를 담고 있는 사진들이다'고 특히, 작품명은 느낌과 감성을 살려야 한다고 했다.

"작가님 사진을 다운로드 받으면서 '좋다'라는 표현을 처음으로 했습니다."

"혹 제가 받은 사진 중에 '리더십(Leadership)'에 어울리는 사진이 있습니까?"

주저 없이 '덕유산 고사목'이라는 사진을 추천했다.

"왜. 이 사진을 '리더십'과 관련이 있는 사진이라고 생각합니까?"

"살아 천 년, 죽어 천 년을 그 자리에서 지키는 것이 리더가 아닌가요?"

살아서 천년, 죽어서 천년이라는 말에 영감이 떠올라 '자신을 지키는 것보다 산을 지킨다.'는 의미로 타이틀을 정했다. 사진에서 느낄 수 있는 감정을 그대로 표현을 하더라도 무리가 없었다.

사진은 기억이 오래가고 잔상이 남는다. 눈으로 보고 느끼는 감정을 표현함으로써 청중과 공감을 할 수 있는 계기도 된다. 따라서 사진에서 표현할 수 있는 의미를 찾아내면 더욱 다양한 스토리로 전개할 수 있고 전달의 폭을 확대할 수 있다.

2023. 05

저자 박호범, 윤화준, 한기정

목차

I

Presentation

창의적인 프레젠테이션의 시작

"자신의 의도를 명확하게 설명하고 증명해야 한다."

1. 기재(사물)로 풀어가는 프레젠테이션

• 단어와 내용의 한계를 극복하는 것이 프레젠테이션의 시작이다.

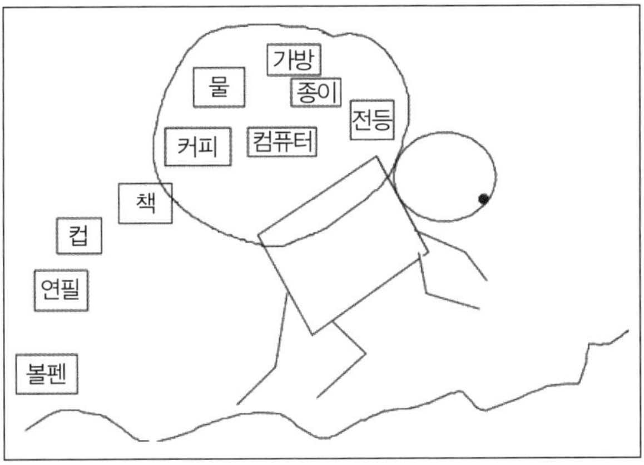

○○초등학교에서 강의를 진행할 때였다. 초등학교 학생들에게도 강의를 할 수 있을까?라는 우려를 안고 과정을 진행했다.

"우리친구들 프레젠테이션이 무엇인지 아는 사람이 있나요?"

"네 컴퓨터 시간에 파워 포인트(Power point)도 배우고 있는데요."

학생들은 학원과 학교에서 컴퓨터 과정을 학습하면서 프레젠테이션에 대해 거부감이 없었다.

학생들의 수업이 시각적 자료를 통해 이루어지고 있었기에 창의적 프리젠테이션 훈련이 가능할 것 같았지만 학생들은 별로 관심이 없었다.

학생들의 관심을 돌릴 필요가 있었고, 흥미를 유도하면서 재미있게 접근할 필요가 있었다. 그래서 3가지 없는 프레젠테이션을 학생들에게 적용했다.

• 첫 번째는 텍스트 없는 훈련을 했다.

텍스트 없이 프레젠테이션은 그림과 사진으로 진행을 했다. 학생들의 무한 상상력과 창의력을 발휘할 수 있도록 하였다. 우려와는 다르게 학생들의 상상력은 기대 이상이었다.

훈련 1단계로 학생들이 생각하는 부분을 발굴하고, 2단계로 필요한 용어 선택과 활용에 대한 훈련, 마지막 3단계로 그림묘사를 어떻게 할 것인가를 고민하며 진행했다.

그들에게 주제어 '친구'를 제시하고 의미를 발표시키면 경험을 구체적으로 서술하는 답변을 하지 못했다. 그래서 구체적이란 말의 의미를 설명하고 다시 답을 듣고자 했지만 누구도 손을 들고 답변을 하지 않았다. 학생들은 자신의 경험을 어떻게 말을 해야 될지 몰

랐다. 이번 과정의 성과를 위해 그들에게 필요한 것이 무엇인지? 그리고 재미와 흥미를 가질 수 있도록 하기 위한 방법을 찾아야 했다.

• 질문방식을 다르게 했다.

"친구들에게 도움을 받은 경험이 있는 친구가 있으면 말해 볼까?"

그러자 몇 명의 학생들이 손을 들며,

"제가 다리가 불편할 때가 있었는데 다른 친구가 와서 가방을 들어 주고 급식실 갈 때도 도움을 받았습니다."

"또 다른 친구가 말해 볼까?"

많은 친구들이 발표기회를 얻으려 했다.

"반 전체가 손을 들어 누구에게 발표기회를 줘야 할 지 모르겠다. 그렇다면 발표 주제를 바꾸겠습니다. 발표주제는 자신이 다른 사람에게 도움을 주었던 경험입니다. 누가 말해 볼까요?"

학생이 말하길 "제가 친구에게 도움을 준 것은 학기 초에 말을 안 하고 혼자 있던 친구에게 먼저 다가가서 말을 건네기도 하고 놀기도 했습니다. 지금은 모두가 어울리는 친구가 되었습니다."

"진정한 친구네요. 친구가 어려울 때 도움을 주는 것은 최고의 친구인 것 같아요.

질문방식을 구체적으로 질문을 하면 하면 학생들은 구체적으로 답을 했다. 학생들은 단답식 정답을 찾아내는 능력은 뛰어났지만 자신의 생각을 정리하고 조립해서 서술 식으로 말을 하는 것은 어려워했다.

다음단계로 자신이 생각하는 것을 그림으로 그릴 수 있도록 했다.

오른쪽에 있는 그림이 학생의 그림으로 주제는 '세계는 친구다' 라는 의미로 어릴 적 유치원에서 다른 나라 친구들과 어울려 놀았는데 '말은 통하지 않았지만 느낌만으로 친구가 될 수 있었다.'는 발표를 했다.

자신이 경험한 친구라는 의미를 세계관으로 전환해서 발표하는 것에 놀랐다. 대부분은 경험을 그림으로 그렸다. 일부 학생이지만 자신의 경험을 가치로 전환해서 그림을 그려내고 발표를 할 수 있다는 사실을 알게 되었다.

첫 훈련은 편안하게 사용할 수 있는 단어를 통해 그들이 경험한 내용과 생각을 그려내는 훈련을 했다. 마지막 단계로 기재와 사물을 바라보고 생각을 확장하는 훈련을 병행했다. 기재와 사물이 가지고 있는 의미를 제한 없이 찾을 수 있도록 했다.

• 두 번째는 준비된 원고가 없다.

○○과정에서 면접 훈련을 했었다. 그들은 예상되는 질문에 대한 답을 원고로 정리하고 외워서 답을 하는 방법으로 훈련을 했다고 했다.

"예상 질문이 나오지 않으면 어떻게 합니까?"

"그러면 어쩔 수 없죠, 운에 맡기는 수밖에 없지만, 업무적으로 많은 일을 했기 때문에 대응을 할 수 있습니다."

"그렇다면 굳이 면접 훈련을 받을 필요가 없을 것 같은데요. 경험만 말하면 쉽게 극복할 수 있을 것 같은데요"

"그래도 연습을 하지 않으면 불안해서요."

그들은 부족한 점은 없지만 그래도 도움을 받으면 극복할 수 있을 것이라는 안이한 생각을 하고 있었다. 그래서 그들이 준비한 예상 질문과 다르게 질문을 했다. 그들은 제대로 된 답변을 하지 못했다.

훈련이 필요한 이유를 굳이 말할 필요 없이 실전적인 질문을 통해 훈련필요성을 인식시켜 그들의 참여를 이끌었다. 첫날 시작한 훈련은 경험 20가지 스토리 만들기였다. 왜냐하면 일반적인 단어의 연결을 통해 1분 답변하는 형태를 취했기에 다양한 질문 유형을 극복하기에는 어려운 점이 있었기 때문이었다.

그들은 몇 시간 동안 스토리 20개를 정리했고, 그림으로 제작하는 훈련을 했다.

"이제 면접 훈련 90% 끝났습니다."

"네 무슨 말입니까? 이것으로 90%라니요."

"네 말 그대로 90% 완료되었고, 이제 남은 10%는 연습입니다."

그들은 이해를 못했지만 후에 20개의 경험 그림이 면접에 도움이 되었음을 알게 되었다.

"20가지 경험 그림은 어떤 질문을 받더라고 답변을 할 수 있습니다."

"20가지 답변만 할 수 있지 않아요?"

"아닙니다. 200가지 질문을 소화할 수 있습니다

"정말 그런가요?"

"질문은 10가지인데 답은 한 가지이기 때문입니다."

"예를 들어 어떤 케이스입니까?"

"예를 들면 자기소개를 다른 유형으로 질문할 수 있습니다. 첫 번째는 자신이 자랑할 수 있는 것이 있다면 어떤 것이 있는지? 두 번째는 본인의 장점이 있다면?

세 번째는 본인이 성과를 창출했던 경험이 있다면? 등 질문은 다르지만 답은 하나가 될 수 있기 때문입니다."

원고 없이 그림으로 경험을 설명할 수 있도록 훈련을 시켰고, 선택을 해야 하는 질문에도 쉽게 답변할 수 있는 스킬로 무장시켰다, 브릿지(Bridge)와 원칙 세우기라는 두 가지 스킬로 훈련을 했다.

누구나 외우지 않고 그림으로 이해하고 답변을 할 수 있다. 프레젠테이션 발표는 원고 없이 자신의 생각을 정립하고 조립해서 그림을 그려나가듯 발표를 해야 한다.

• 마지막으로 없는 것이 컴퓨터다.

훈련과정에서는 컴퓨터 작업 없이 종이 위에 직접 작성한 내용으로 발표 훈련을 하는 것이 도움이 된다. 컴퓨터를 켜는 순간 아이디어의 한계에 부딪히며 창의적 생각보다 인용과 기존의 템플릿을 이용한 내용으로 전개할 가능성이 높기 때문이다.

○○기관에서 프레젠테이션 강의를 할 때 컴퓨터 지참을 하지 말라고 했다. 프레젠테이션 강의에 컴퓨터 없이 강의한다는 사실에 몇 번 기관에서 문의가 왔었다.

그들은 프레젠테이션을 디자인(Design) 작업으로 이해했다. 첫날 그들에게 과정에 참여한 이유를 서론, 본론, 결론을 나눠서 종이 위에 그려보라고 했다. 처음에는 당황해했지만 직업적으로 학습되어 있었기에 고민 없이 제작을 했다. 물론 답변은 일반적인 단어의 조합들이었다.

"어느 선생님이 가장 잘 표현하신 것 같습니까?."

그러자 그들은 한 명을 가리켰다. 그리고 이유를 물었다

"경험을 이유로 답변했기에 이해가 쉬웠습니다."

"맞습니다. 경험을 발표스토리에 담아서 상대방에게 각인시키는 것입니다. 영화를 보면 잔상이 오래 남는 이유와 같습니다."고 말하고 훈련 방향과 목적을 이해시켰다. 과정이 끝나고 '타인의 것이 아닌 자신의 것으로, 문장을 외우는 것이 아닌 그림을 그려주는 발표로 해야 한다는 것이다.'는 소감을 들을 수 있었다.

결론적으로 프레젠테이션 훈련을 한다면 세 가지 없이 해야 한다. 텍스트 없이, 원고 없이, 그리고 컴퓨터 없이 한다면 창의적 아이디어를 발휘할 수 있다. 특히 컴퓨터는 아이디어를 제한하고 스토리와 그림이 어울리지 않는 내용으로 각색될 수 있기에 3가지 없이 훈련하는 것이 도움이 될 것이다. 물론 자신의 의도를 표현하기 위해 포토샵 등의 기술을 이용하여 자신을 표현하는 것은 다음 순이다.

프레젠테이션 훈련은 기재를 이용하여 그림을 그려내고 스토리를 만드는 작업을 해야 한다.

• 기재(사물)로 풀어가는 프레젠테이션(Presentation)

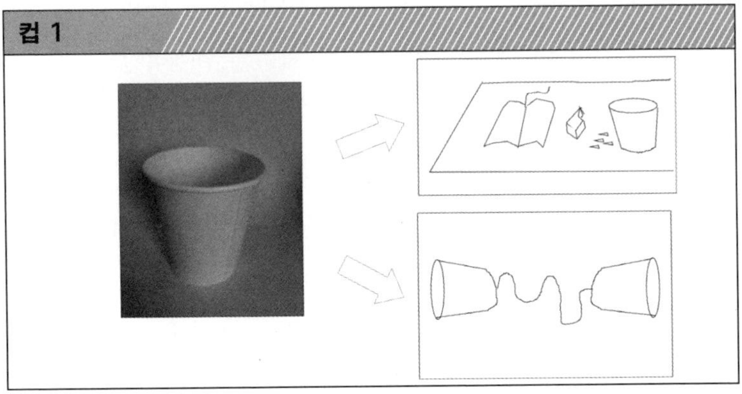

프레젠테이션 과정 중 학생들에게 종이컵으로 다른 의미를 부여하는 훈련과 발표를 진행했다.

"여기에 종이컵이 있어요. 종이컵의 사용은 물을 마시는 의미로 단순하게 생각할 수 있는데 좀 더 다양하게 생각해 볼 수 도 있을 것 같아요, '지우개 찌꺼기를 담을 수 있는 쓰레기통'과 '줄을 연결하여 소통하는 놀이'로 이용할 수 있습니다. 그래서 종이컵을 사용 용도가 다르게 그리고 다른 의미를 찾는 시간을 가질 것입니다. 종이컵을 변형해도 됩니다. 시간은 2분입니다. 시작하세요."

"찢어도 됩니까?"

"찢어도 됩니다. 그리고 종이컵 사용 개수도 상관이 없습니다."

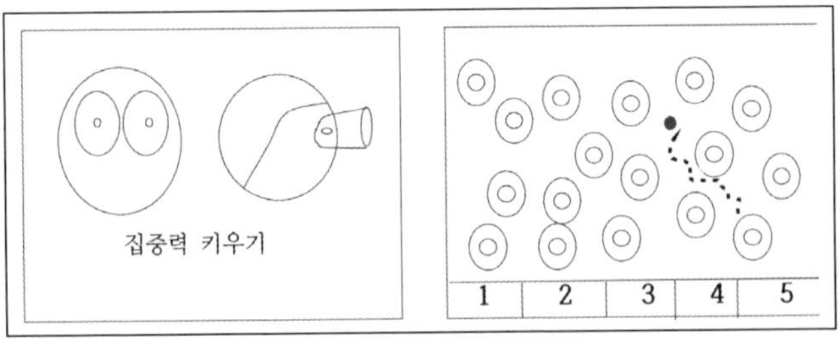

그들은 가위와 칼을 이용해서 찢고 도려내고 작품을 만들었다. 컵에 대한 의미가 없어졌다. 새로운 창작물을 제작했다.

"시간이 되었습니다. 만든 것을 설명해 보는 시간을 가져 보겠습니다. 어느 친구부터 발표할까요?"

기억에 남는 작품 2개를 소개하면 앞의 그림과 같다.

"저는 작은 구멍을 내고 집중해서 볼 수 있는 도구를 만들었습니다. 왜냐하면 집중력이 떨어질 때 이렇게 하면 다른 것을 볼 수 없기 때문에 집중할 수 있습니다."

"좋은 아이디어입니다. 또 발표할 친구 있습니까?"

"네 저는 게임을 좋아하는데 사다리타기 게임을 만들었습니다. 제목을 '월홀'이라고 붙였습니다. 공이 어디로 갈지 모르고 재미가 있을 것 같아서 제작을 했습니다."

"좋은 아이디어입니다. 생각을 확장하면 기존의 것을 이용해서도 제작할 수 있고, 새로운 것을 창조할 수도 있습니다. 프레젠테이션은 기존을 벗어나 새로운 것을 제작하는 훈련이고, 이번 과정의 목표입니다."

학생들이 사용하는 일반적 단어의 선택은 성인들 못지 않다. 물론 자신이 사용한 단어에 대한 이해는 부족했지만, 그들이 생각하는 것과 사용하는 단어는 일치하고 있었기에 다양한 접근을 통해 창의적 프레젠테이션을 할 수 있었다.

• 기재(사물)로 풀어가는 프레젠테이션(Presentation)

컵 2

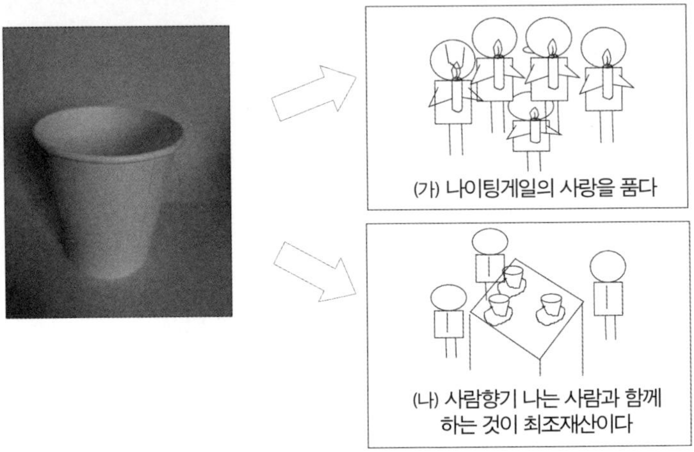

(가) 나이팅게일의 사랑을 품다

(나) 사람향기 나는 사람과 함께 하는 것이 최조재산이다

'기재와 사물에 의미를 담는다.'는 것은 프레젠테이션의 다양한 내용 전달과 메시지의 가치를 높일 수 있다. 또한 아이디어의 고갈을 해소하고 적합한 용어선택을 통해 효과적으로 발표할 수 있다.

하지만 대부분의 학습자들은 묻는다. 어떻게 위와 같은 의미를 찾을 수 있는가?를 궁금해 한다. 답은 시스템이다. 없으면 매회 어렵다. 그렇기 때문에 시스템을 구축하고 의미 부여를 하는 훈련을 한다. '구조화 프레젠테이션 하라(2023 3)'를 참조를 하면 도움이 될 것이다.

의미부여 시스템은 3가지가 있다. 첫 번째는 단어 맵(Map), 거미형 기술법, 그리고 단어 분류법을 통해 의미를 찾을 수 있다. 예를 들면 단어 분류법은 시각적 의미, 사전적 의미, 그리고 연관된 의미를 찾는 것이다.(다음 표 참조)

단어분류 후 두 번째는 프레젠테이션 발표 자료로 만들기 위해서 문장을 만들어야 한다. 일반적인 문장보다 가치와 방향성이 있는 문장으로 구성해야 한다.

단어 분류법

사물 및 기재 : 컵
필요한 재로 : A4종이(1/4전지), 포스트잇, 펜

컵
- 사전적 의미 : 물 및 다양한 액체를 담을 수 있는 그릇
- 시각적 의미 : 물, 담는다, 둥글다
- 연관된 의미 : 촛불, 뜨거움, 사랑, 희망, 품다

문장연결) 사랑을 품다.

세 번째는 두 단어의 연결을 통해 문장이 만들고, 의미전달 과정을 진행해야 타이틀을 만들 수 있다. 단어 맵(Map)을 통해 접근하면 된다.

단어 맵

주제 : 사랑을 품

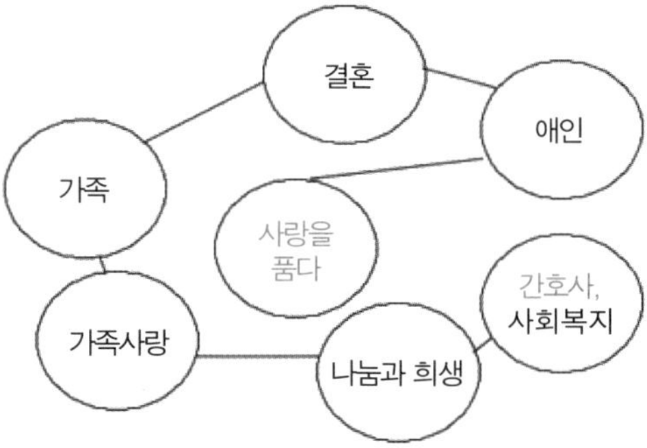

앞서 설명한 단어분류를 통한 문장구성과 단어 맵(Map)을 연결하여 의미를 찾을 수 있다. '나이팅게일의 사랑을 품다.'는 의미를 파악하면 그들의 의식행사를 생각할 수 있다. 그러면 앞의 내용 (가)처럼 시각화 자료를 만들 수 있다.

(나)의 그림은 간략하게 단어 나열과 단어 맵(Map)을 통해 제작되었다. 컵은 촛불, 뜨거움, 사랑, 희망, 품다, 색종이, 액체, 물, 쏟아진다. 목마름, 경청, 커피, 향기, 녹차, 종이, 일회용품 등으로 단어를 나열할 수 있다. 다음으로 3개의 단어를 선택해서 문장으로 만들면 '목마름과 향기를 커피한잔에 담다.'는 내용으로 문장을 구성할 수 있다. 다음 단계는 '목마름과 향기를 커피 한 잔에 담다.'는 문장을 단어 맵(Map) 단계를 거치면 아래와 같다.

단어 맵

주제 : 목마름과 향기를 커피 한 잔에 담다

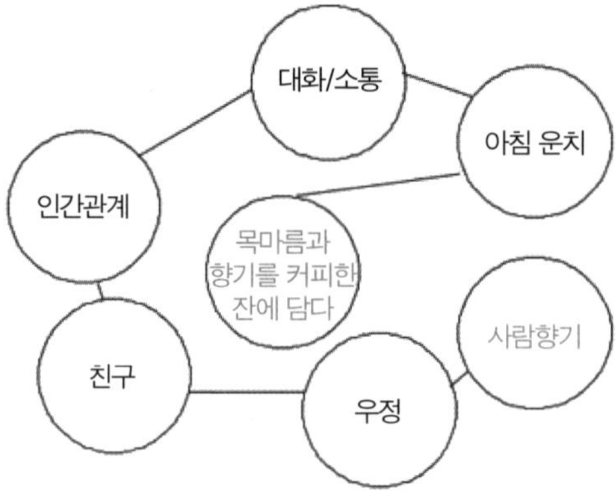

'목마름과 향기를 커피 한 잔에 담는다.'는 문장과 '사람향기'라는 단어를 연결하면 '최고의 재산은 사람 향기 나는 사람과 함께 하는 것이다.'는 의미로 문장을 정의할 수 있으며 마지막으로 컵(Cup)과

연결하면 (나)의 그림처럼 제작할 수 있다. 따뜻한 사람과 나누는 차 한 잔의 의미는 문제를 풀어가고 어렵고 힘든 점을 공유할 수 있다는 의미로 그림을 해석할 수 있다. 여기에서 또 다른 궁금한 점이 있을 수 있다. 그림은 어떻게 제작할 수 있는가?에 대한 물음에 대한 답은 느낌과 경험이다. 그래서 훈련이 필요하다. 책을 읽고 독후감을 작성하고, 느낌을 그리는 훈련을 습득하면 충분히 공감할 수 있는 그림을 제작할 수 있다.

몇 년 전에 수강생들이 독서클럽을 만들어 운영하면 좋겠다는 의사를 표현했고 도움을 요청했다. 독서클럽을 하고 싶은 이유를 듣고 진행방법을 만들어 제공했다. 독서클럽에 참여를 했지만 책을 선정하는 방법과 진행방법에 대해 아쉬움이 있었기에 운영원칙을 만들어 공유했다. 진행방법은 아래와 같다.

진행

1 원칙: 정해진 시간 내에 발표를 해야 한다.
2 원칙: 책을 읽지 않아도 다른 사람의 말을 듣고 발표를 해야 한다.
3 원칙: 다음 리더가 책을 선정할 수 있다.
4 원칙: 실행과제 선정과 실행을 한다.

독서클럽 진행 순서

리더진행	–굿 뉴스 및 진행 방법
배운 것	–간략 책 내용 (감동 등)

느낀 것	–독후감 (그림 그리기)
실천할 것	–실행 이유와 방법
시상 및 리더선정	–책 추천 및 그림 시상

책을 읽고 독후감을 쓰면 내면의 자아를 키워 나갈 수 있지만, 귀찮아서 쓰지 않는 경우가 대부분이며 책을 읽었지만 기억을 못해 내용을 설명할 수 없는 경우가 많다. 그래서 쉽게 기억하고 내용을 발표할 수 있도록 독서클럽 활동을 도왔다. 그리고 느낀 점을 말할 때 그림으로 그려서 말하는 방법으로 훈련했다.

느낀 점

독서활동: 년 월 일 작성자:

○ 책 제목 ○ 저자

○ 책을 통해 전하고자 하는 메시지

○ 그림

앞의 양식으로 작성된 독서활동은 읽었던 책의 내용을 기억할 수 있게 하였다. 표현하는 그림도 다르고, 느낀 점이 다른 상대를 이해하는 기회도 되었고, 다양한 생각과 가치를 인정하는 분위기를 만들 수 있다.

문장을 그림을 그리는 것은 개인의 느낌을 표현하는 것이다. 그림을 찾기 위해 다양한 폼을 사용하고 캡처해서 사용하는 경우가 있다. 그보다 개인이 직접 그려서 사용하는 방법이 좋을 수 있다. 왜냐하면 자신이 생각하는 부분을 100% 담을 수 있는 그림이나 사진이 없기에 간단하게 컴퓨터의 그림도구를 이용하면 된다. 발표자의 의도와 가치가 그림에 녹아들면 더욱 효과적이기 때문이다.

다음으로 문장을 그림으로 연상시키는 방법은 느낌이라는 방법은 같지만 논리적으로 접근할 수도 있다. '사람향기 나는 사람과 함

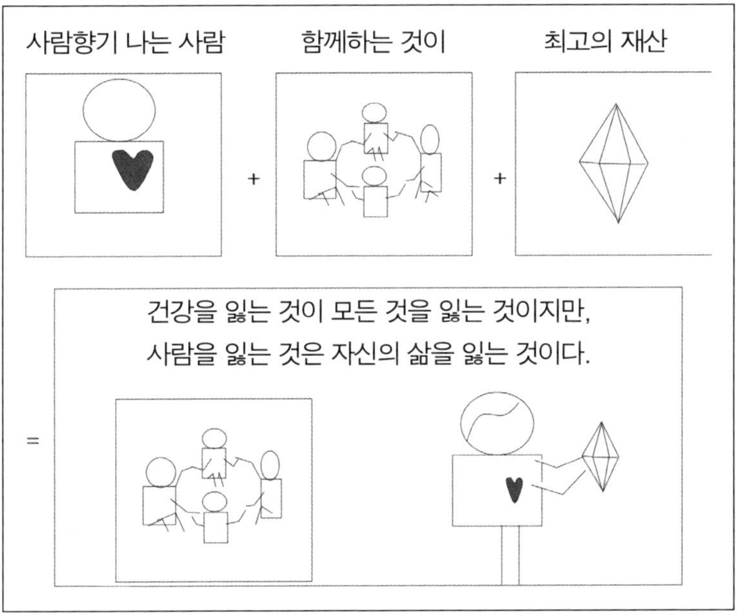

께하는 것이 최고재산이다.'는 문장을 그림으로 재구성해 보면 단어와 단어의 합을 통해 그림을 연상하면 된다. 시각화 자료는 발표자의 느낌을 반영한 내용으로 전달을 하는 것이 효과적이다. 따라서 시각화 그림의 제작은 발표자의 생각과 가치를 제한 없이 그림으로 표현하면 되고, 느낌과 스토리로 접근하는 것이 효과적이다.

• 기재(사물)로 풀어가는 프레젠테이션(Presentation)

절차

그림으로 접근하는 절차

1단계 기재(사물) 선택	– 단어 분류, 단어 맵(Map)
2단계 연상과 경험	– 연관성, 관련성
3단계 스토리 구성	– 경험 접목
4단계 시각화 자료 제작 / 발표	– 의미 부여

완성품을 만들기 위해서는 단계를 거쳐야 된다. 단계에 하자가 있으면 불량품이 만들어진다. 불량품을 제거하고 불량률을 낮추기 위해 추가 다른 절차를 거쳐야 하는 2중 투자를 해야 하고, 불량 자체를 발견하는 것도 어렵다. 따라서 시작 전 절차와 단계를 구성하고 적용해야 하자를 쉽게 조치할 수 있다. '대충해서 넘어가고, 말만 잘하면 된다.'는 생각을 가질 수 있지만 듣는 사람에 대한 배려가 아니다. 자신을 설득하고 이해를 할 수 없다면 어느 누구에게도

동기를 부여할 수 없고 발표를 해서도 안 된다.

그래서 시스템(System)을 갖추어야 한다. 불량이 있다면 즉시 필요부분만 수정하고 즉각 대처할 수 있는 시스템(System)을 만들어 발표 자료에 접근할 필요가 있고, 그림으로 접근하는 절차뿐만 아니라 결론에 접근하기 위해서 시스템을 구축해야 한다.

• 기재(사물)로 풀어가는 프레젠테이션(Presentation) 절차

풀

1단계 기재 선택

–사람, 끈, 편지, 구조

2단계 연상과 경험

3단계 스토리 구성

사랑은 품어서 따뜻하고
사랑은 전해서 감동이다.

4단계 시각화 자료

네가 나의 자녀라는 것이 최고의 선물이다.

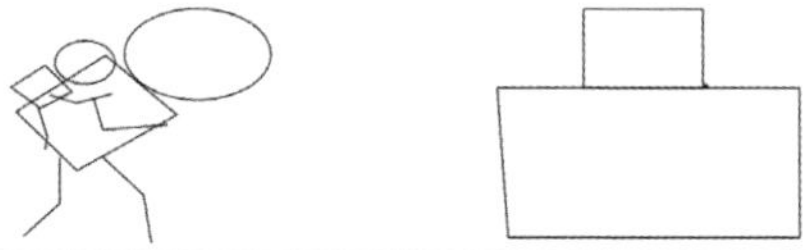

필요에 의해 만들어진 사물과 기재들을 응용하는 제품들도 많이 있다. 의미와 뜻을 새롭게 하고, 주변 환경과 필요에 의해 재해석되어 상품화되고 있다.

'풀'은 붙이는 것과 초식동물이 먹는 풀도 될 수 있고, 영문의 한 글씩 표현이면 물놀이를 할 수 있는 수영장이 될 수 있으며, 인간관계의 폭을 생각할 수 있는 '인간관계 풀' 마지막으로 '가득'이라는 의미로 생각할 수 있다.

앞의 시각화 자료는 '풀'에 대한 사진이 단계를 거치면서 '네가 나의 자녀라는 것이 최고의 선물이다.'는 의미로 결론이 정해진다. 접착제인 '풀'을 사랑으로 연결할 수 있다는 생각을 처음부터 할 수 있었던 것은 아니다. 단계를 거치면서 재해석되어 자료로 제작할 수 있었다.

처음부터 창의적 생각을 하는 것은 어렵다. 상황에 맞는 어휘를 떠올리며 스토리를 만들어 메시지를 전달하는 것은 훈련을 하지 않으면 안 된다. '즉문즉답'을 해야 할 상황이라면 더욱 당황스러울 수 있다. 시스템을 만들고 훈련을 통해 성장해야 한다.

어휘구사능력이 뛰어난 사람은 처음부터 할 수 있겠지만, 대부분은 어려워한다. 그렇기 때문에 스피치 학원을 통해 방법을 배우고, 프레젠테이션 제작을 위해 시간과 비용을 투자하여 디자인의 완성도를 높여나가려 하는 것이다.

최근에 A분과 차를 나누면서 부서 공문에 반영할 문구가 마음에 들지 않아 부서에서 작은 시상을 걸고 공모를 했다고 하며 도움을 요청 했다. 그래서 아이디어를 구상하는 절차를 잠시 언급했었다.

“선생님 그 문제에 대해 쉽게 접근할 수 있을 듯합니다. 프레젠테이션 과정을 할 때 단어분류를 하고 문장으로 연결하는 훈련을 했었는데 기억이 나는가요?”

“네. 그런데 어떻게 적용할 수 있습니까?”

“먼저 단어를 분류하고 무작위로 단어를 선택하여 문장으로 연결하는 방법으로 하시면 창의적 문장이 나올 수 있을 것 같습니다.“

“그러면 여기서 한 번 해볼까요?”

30분의 시간에 40여 개의 창의적 문장을 만들 수 있었다. 그리고 10개를 선정하였다. 후에 들은 말로 자신이 낸 10개의 아이디어 중 하나가 채택이 되었고 시상을 받았다고 했다.

창의적 아이디어 절차를 이해하면 광고카피(Copy)도 만들 수 있고, 표어도 기본적으로 제작이 가능해 진다. 반복 훈련을 통해 습득하면 프레젠테이션 발표로 업무적으로 인정을 받을 수 있을 것이다.

• 기재(사물)로 풀어가는 프레젠테이션 절차

휴지

1단계 기재 선택

–풀림, 뭉침, 축구, 환호

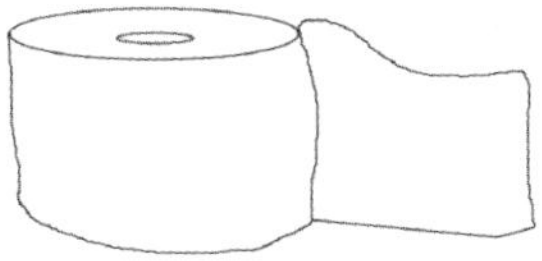

2단계 연상과 경험

Team에는 'I' 가 없다.

'I' 의 존재

Team

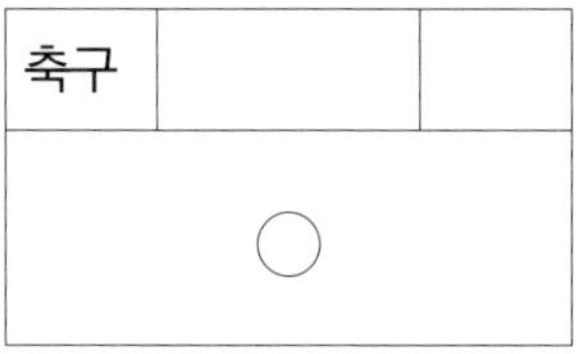

3단계 스토리 구성

팀을 뭉치고

골에 환호한다.

4단계 시각화 자료

두루마리 휴지가 '최고의 팀은 자긍심을 심어주는 팀'으로 표현

될 수 있었던 것은 휴지의 의미를 축구경기의 골에 환호하는 관중들의 퍼포먼스를 연상하며 의미를 확대할 수 있다.

축구는 팀이 하는 것이고, 팀보다 뛰어난 개인이 없음을 알기에 앞의 내용처럼 제작할 수 있고, 최종적으로는 팀에 대한 중요성을 시각화 자료로 제작했다.

결론적으로 자신이 떠난 자리가 아름답고 기억할 수 있는 스토리를 만들어야 한다. 그러면 소속감을 가질 수 있고 잊혀지지 않는 사람이 될 수 있다.

스토리 구성은 직·간접 경험으로 스토리를 구성해야 한다. 직·간접 스토리의 전개는 두괄식 전개와 미괄식 전개 중 발표는 미괄식으로 전개하고 핵심을 요약해서 전달하면 효과적이다. 앞으로 전달방법에 대해서는 상세하게 설명하겠다. 유의해야 할 점은 질문으로 시작하는 것은 지양해야 한다. 청중의 지식을 테스트하는 느낌을 줄 수 있기 때문이다.

• 기재(사물)로 풀어가는 프레젠테이션(Presentation) 절차

시계

1단계 기재 선택

– 약속, 기상, 맞춤, 관리

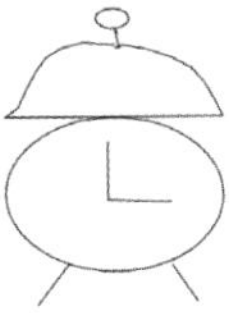

2단계 연상과 경험

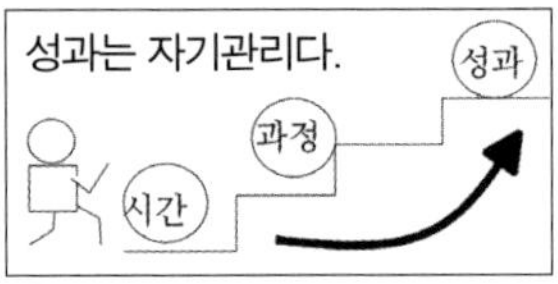

3단계 스토리 구성

약속은 나를 위한 신뢰고
성과는 너를 위한 관리다.

4단계 시각화 자료

시계를 기재로도 다양한 메시지를 전할 수 있다. 안목, 시야라는 의미도 있을 수 있고, '타임'이라는 의미로 약속, 미팅, 신뢰 등으로 포장이 될 수 있다. 최종적으로 '여유가 없는 기부, 그것이 가치다.'는 뜻은 기재인 시계를 다른 의미로 전환시키기 위해 절차를 거치면서 타이틀을 제작했다. 그렇기 때문에 직설적 표현도 도움이 될 수 있지만 청중이 예상하지 못하는 표현으로 접근을 한다면 설득을 하는데 효과적일 수 있다. 상황에 따라서 전달 방법과 시각화 자료를 사용하면 된다.

시계에서 기부 그리고 사람까지 전개할 수 있던 것은 시계에 내포된 관리라는 큰 축이 있었기에 사람에 대한 메시지를 연결시킬 수 있었고, 그리고 가치를 부여하면 감동적인 스토리를 전달할 수 있다.

전달하는 방법은 다음에 구체적으로 언급하겠지만, 시연(Demonstration)으로 보다 강력한 메시지를 전달할 수 있다.

시연의 방법은 첫 번째, 돈을 보여주고, 두 번째, 돈에 생체기를 내고, 세 번째는, 돈에 생체기를 내더라도 가치가 떨어지지 않는 것처럼 사람의 가치도 나쁜 짓을 하지 않고서는 가치가 떨어지지 않는다.

따라서 여유가 많아서 기부하는 것도 가치가 있지만, 작은 나눔을 통해 가치를 공유할 수 있다는 메시지를 줄 수 있다. 새로움으로 무장하고 전달하고자 하는 메시지의 강렬함은 청중을 동기부여하고 실행을 하는 데 도움을 줄 수 있기에 의미의 폭을 확장시켜 전달하는 훈련을 해야 한다.

• 기재(사물)로 풀어가는 프레젠테이션 절차

커피

1단계 기재 선택

– 향기, 나눔, 따뜻함, 대화

2단계 연상과 경험

아침의 운치

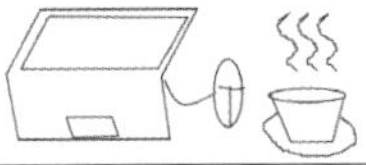

따뜻함이 사람이 이끈다.

3단계 스토리 구성

사람향기를 맡는 커피
사람을 얻는 커피.

4단계 시각화 자료

펜 끝에 묻어 있는 오랜 추억, 오래된 미래 그리고 향기

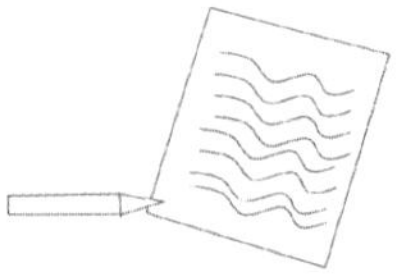

커피만큼 많이 있는 스토리를 가진 것이 없다. 사람의 성향도 다

르듯 커피의 종류도 다양하다. 따라서 얽혀 있는 경험 또한 헤아릴 수 없을 정도로 많기에 스토리를 정제하고 전달한다면 따뜻한 발표를 할 수 있다. 커피와 관련이 있는 단어들을 정리해보면 향기, 나눔, 따뜻함, 대화, 사람, 운치, 아침 등으로 정리할 수 있다. 단어의 관련성은 결론적으로 '사람'과 관련이 있고 사람은 '삶'과 관련성이 있음을 알 수 있다. 따라서 커피의 내용을 사람의 향기와 연관된 내용으로 전개할 수 있다.

• 예를 들어 핵심 주제를 '관계'로 정하고 커피와 관련지어 스토리로 제작할 수 있다.

(1) 커피가 길을 가고 있었다.	(2) 낯선 이를 만나 동행을 했다.
(3) 해가 저물어 불을 피운다.	(4) 늦은 밤까지 오랜 대화를 했다.
(5) 서로를 알아가는 시간이 된다.	(6) 아침의 운치를 느낀다.
(7) 그들은 아침의 주인공이 된다.	(8) 다양한 이름이 모인다.
(9) 그들은 커피가족이 되었다.	(10) 믹스커피, 아메리카노, 라떼 등

10가지 단계로 스토리를 전개를 할 수 있다. 커피가 길을 가다 우유를 만나고 프리마를 만나 친구가 되어 '믹스커피'가 되고 아침운치의 주인공이 되어 향기를 남기자 다양한 커피 친구들이 가족이 된다.

따라서 위 스토리 내용의 단계가 핵심주제 전달을 위한 시각화 자료의 초석이 될 수 있다.

• 타이틀과 목차의 구성은 아래와 같이 전개가 될 수 있다.

(1) 자아 발견을 위한 출발	(2) 타인과의 동행
(3) 문제 도출	(4) 갈등 관리 및 해결
(5) 신뢰 형성	(6) 공유와 책임
(7) 자기 및 타인 인정	(8) 관계의 맵(Map)
(9) 이너서클	(10) 관계의 확장을 위한 자기변화

커피 스토리의 전개를 위의 내용처럼 친구의 내용으로 전개할 수 있다. 따라서 사물에 대한 이야기를 확장시켜 경험을 접목하고 연계시켜 청중의 니즈에 부합할 수 있는 스토리로 전달할 수 있다.

'자아발견의 시작은 타인들 속에서 문제를 도출, 갈등 관리로 해결하여 신뢰를 형성하며 결과에 대한 책임과 자기 및 타인을 인정하여 관계설정과 이너서클을 통해 자기변화와 관계 확장을 하는 것이다. 이를 지원하고 응원하는 것이 친구다'는 의미 해석이 가능하다.

결론적으로 단어의 내용을 연관 짓고 문장을 연결하여 의미를 파악하고 최종적으로 시각화로 디자인을 완성하는 것이다. 단순한 내용을 복잡하게 전개하는 것보다 복잡한 내용을 단순하게 전개하는 것이 청중이 쉽게 이해할 수 있고 스토리 운영의 폭이 넓어진다.

2. 책으로 풀어가는 프레젠테이션

스토리

인기드라마, 천만관객 동원 영화, 베스트셀러 소설 등의 공통점은 잘 짜여진 스토리로 상황전개의 속도와 긴장감이 관객의 마음을 사로잡는다는 것이다. 또한 아름다운 배경, 그리고 마음을 움직이고 감동을 주는 생애최고의 작품으로 선정된다.

이것이 스토리다. 스토리(Story) 자체를 스토리로 만들 수 있다. S(Strong) '강해지기 위해 T(Tension) 긴장하고, O(Order) 자기 명령으로, R(Recycle) 새롭게 태어나는 모습을 기대하면서, Y(Young) 젊은 사고로 성과를 만들려 노력하는 것이 Story다.'는 의미다.

스토리는 위의 그림처럼 에피소드를 만들어가는 것이다. 에피소드의 구성은 잘 짜인 옷을 만드는 것처럼 에피소드의 연결을 통해 방향을 유지하고 탄탄한 작품을 완성할 수 있도록 해야 하는 것이다.

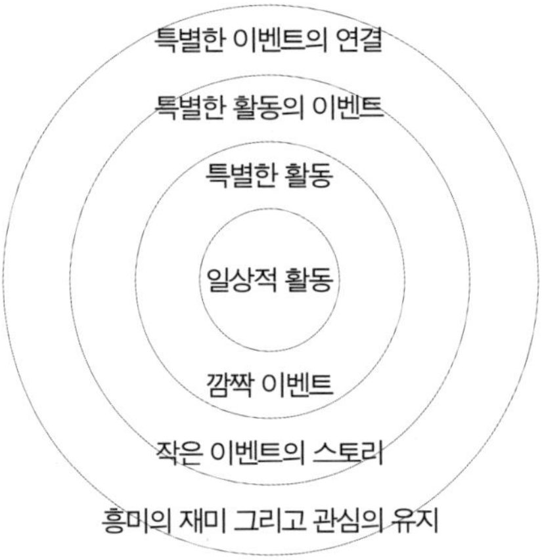

• 스토리는 창작과 경험의 두 가지로 나눌 수 있다.

구분	창작	경험
접근	생각과 사고, 대리만족	구체적 행동
구성	생각, 상상	이벤트
정보	자료수집과정	체험과 학습
시나리오	창의적 표현	사실적 표현
형식	자유형	구조화
표현	비유, 인용	직접적

결론적으로 앞의 표처럼 창작은 자신의 위치에서 할 수 없는 대리 경험을 통해 가상과 현실이 동시에 만족할 수 있는 구성으로 타인도 공감할 수 있는 스토리로 제작이 되어야 하는 어려움이 있다. 경험은 스토리의 구성에 따른 핵심키워드를 만들어 연결을 하며 시나리오 구성을 할 수 있다. 따라서 경험은 청중과 어울릴 수 있는 니즈(Needs)에 맞는 화두가 될 수 있다. 경험 스토리 전개로 감동을 줄 수 있는 프레젠테이션으로 제작하면 된다.

스토리로 풀어가는 프레젠테이션

[삼국지]

스토리(Story)는 S(situation) + T(telling) + O(Once) + R(relevant) +Y(your)로 자신과 관련된 상황을 말하는 것이다. 그래서 스토리의 중심에는 자신이 있고, 간접적 체험이던 것을 직접적 체험으로 전개하면 된다.

개괄적으로 스토리의 의미는 모든 활동과 체험을 말한다. 다시 말하면 스토리가 되지 않는 것이 없다. 다만 구성과 의미부여를 어떻게 하는가에 따라 평가가 달라진다는 것이다.

삼국지를 읽고 기억에 남는 대표적인 스토리는 3명이 도원결의(桃園結義)라는 그림을 떠올릴 수 있다. 도원결의는 복숭아나무 아래에서 의를 결의했다는 뜻으로 형제의 의를 맺는 것을 생각할 수 있다, 도원결의 원뜻을 생각하며 아래와 같이 시각화 자료를 제작할 수 있다.

다음의 시각화 자료는 타이틀이 없더라도 누구나 예상할 수 있는 스토리가 연상이 된다. 그렇지만 타이틀을 바꾸면 스토리도 변한다. 그러면 변화된 스토리로 프레젠테이션을 창의적으로 제작할 수 있다.

도원결의

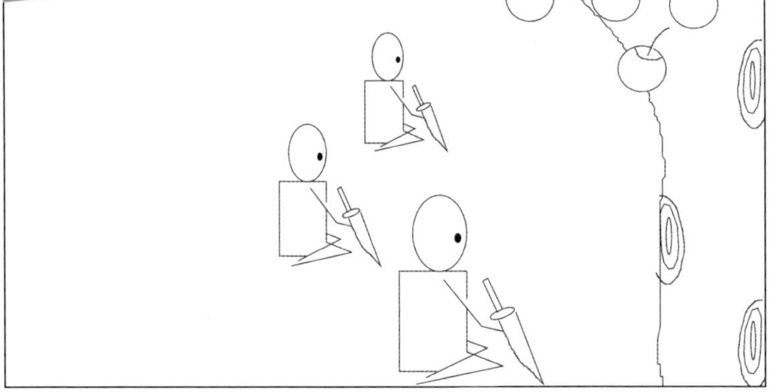

청중에게 전달하고자 하는 메시지는 타이틀만 바꿔도 180도 다른 메시지로 제작이 가능하다.

스토리의 변신 과정(Process)

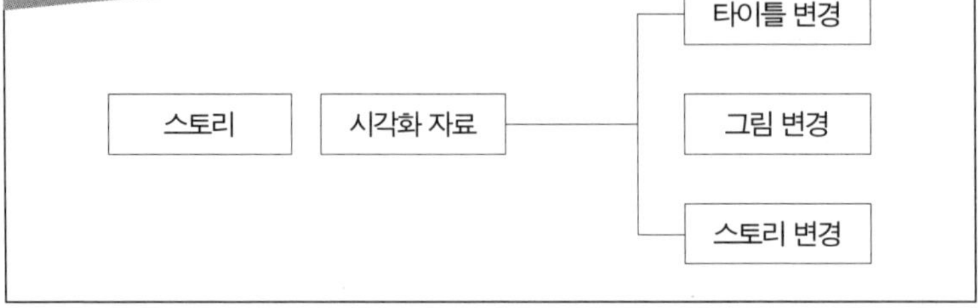

공감을 위해서는 타인과 같은 책을 읽는 것이 좋고, 노출된 메시지를 전달하기보다는 경험을 공유해서 전달하는 것이 좋다. 따라서

모든 것은 스토리 변화 과정을 통해 가치가 달라진다.

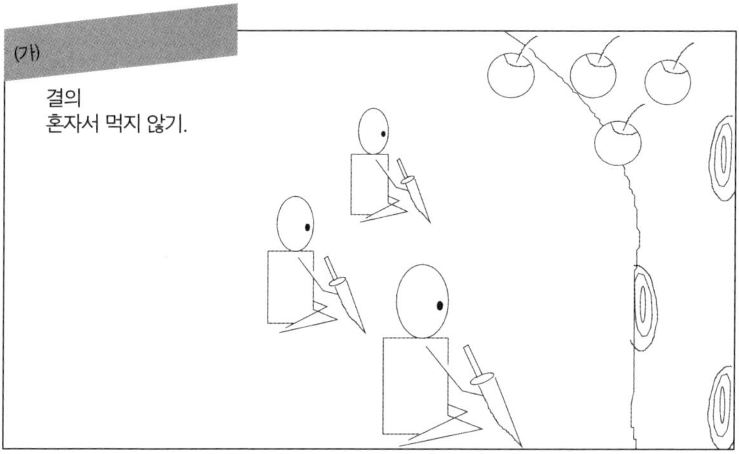

(가)의 시각화 자료는 타이틀만 바꾸었다. 어떤 상상을 할 수 있는가? '콩 한 쪽도 나눠먹어야 한다.'는 속담처럼 '함께'라는 의미의 스토리를 생각할 수 있다.

하지만, 알고 있는 내용을 굳이 청중의 소중한 시간을 할애 받아 발표하려는 것은 지양해야 한다. 청중의 소중한 시간을 할애 받을 수 있는 것은 새로운 정보제공을 통해 청중에게 도움이 되고 습관과 태도의 변화를 이끌 수 있는 힘이 있는 내용일 때이다. 이를 인식하고 책임 있는 태도로 전달하기에 최선을 다해야 한다.

다음은 그림을 변경하는 것으로 단어의 분류가 필요하다. 연관된 단어를 생각하면 약속, 신뢰, 삼형제, 콩, 나무, 복숭아, 칼, 피, 뜻 등 관련성 있는 단어로 분류할 수 있다. 다음은 4개의 단어를 선택해서 문장 구성을 하면 된다. A=B and C=D의 구성으로 '약속을 칼로 베는 것은 신뢰를 피로 물들이는 것이다.'는 의미로 문장을 구성할 수 있다.

(나)의 자료는 단어분류와 문장의 구성을 통해 타이틀을 제작하고 그림의 메시지를 도원결의 의미를 담아 '사람이 산을 훼손하지만, 산은 사람에게 생명을 준다.'는 의미로 신뢰를 깨지 않으면 끝까지 은혜를 베풀고 갈 수 있다는 스토리로 재구성할 수 있다. 마지막으로 스토리를 변경하면 앞서 언급한 단어분류를 통해 문장 구성과 그림 그리고 스토리의 변경이 가능해 진다.

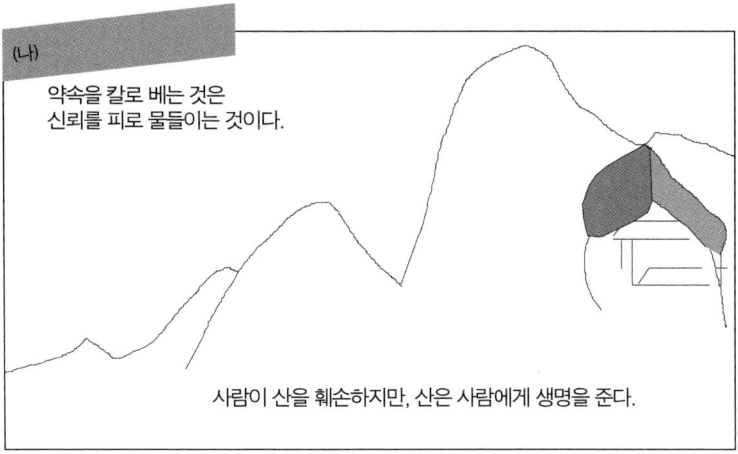

단어 분류는 앞서 제시한 단어를 적용하고 문장 구성만 다르게 하더라도 스토리는 달라진다. A=B But A=C로 문장을 구성하면 '뜻을 품고 피를 나누지만 뜻은 칼로 베어서는 안 된다.'는 의미로 사용할 수 있다. 물론 문장 구성과 방법은 A=B, A=B=C, A=B=C, A=B and C=D, A=B but C=D등으로 할 수 있으며 의미를 전달하기에 효과적이다.

(다)의 자료는 앞서 (가)의 의미와는 관련성이 떨어진다. (가)의 의미는 '혼자서 먹지 않기'는 모두에게 약속을 지켜야 한다는 메시지를 담고 있지만 (다)의 의미는 뜻을 품고 피를 나눌 수 있지만, 뜻

은 칼로 물 베듯 해서는 안 된다는 것은 개인의 자성과 성찰의 필요성을 메시지로 전달할 수 있다. 이처럼 타이틀, 그림 그리고 스토리 변경 과정을 거치면 원래의 의도와 다른 메시지를 전달할 수 있다.

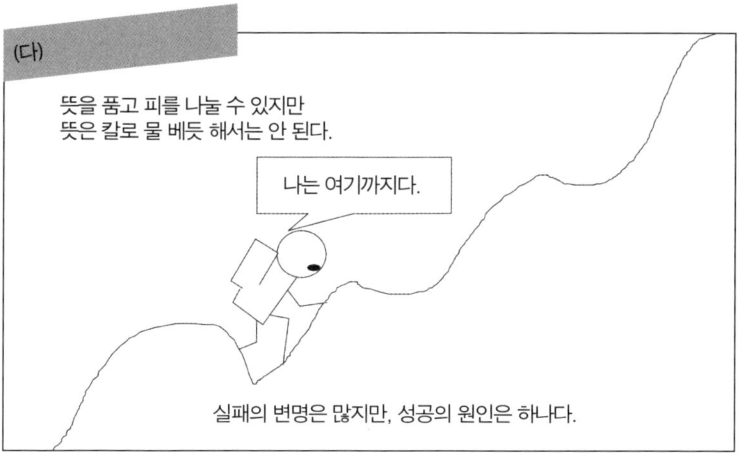

반면에 주제어가 주어져 있으면 '삼국지'의 내용으로 연결이 가능하다. 예를 들면 '행복'이라는 주제어가 제시되더라도 '도원결의'의 단어분류를 적용해서 시각화 자료와 내용을 제시할 수 있다. 제작하는 순서는 동일하다. 기존에 단어 분류가 되어 있기에 문장 구성만 하면 된다. 문장 구성 방법으로 A=B and C=D로 적용하면 '나무에 복숭아가 열리듯 신뢰로 형제애를 키운다.'는 의미로 '행복은 나무를 가꾸고 관리를 통해 과일을 수확하는 것처럼 신뢰가 쌓인 결과물이다.'는 뜻으로 행복을 찾을 수 있다. 공통점은 하루아침에 창출되는 것이 아니라 지속적인 과정진행과 노력에 대한 보상으로 행복이라는 의미를 전달할 수 있다.

행복이라는 것은 자신의 노력으로 만들 수 있고, 주변에 좋은 사람으로 부터도 행복을 얻을 수 있다. 하지만 행복은 자연스럽고, 우연히 찾아오는 것이 아니다. 행복의 크기는 없다. 개인이 생각하는 정도에 따라 다르다.는 말처럼 행복의 의미를 전달하는 방법도 다양하다.

행복의 척도는 개인이 정하는 것이고, 위의 자료처럼 '네가 옆에 있어 행복하다'는 의미는 측정이 불가능한 표현이며 최고의 가치를 가진 행복의 표현이다.

스토리로 풀어가는 프레젠테이션

[홍길동]

홍길동전은 어릴 적 반복해서 읽었던 책이다. 억지로 주제어를 정하라고 하면 '권선징악'이라고 할 수 있다. 물론 해석은 다를 수 있다. 출생부터 나라를 건국하는 과정에서 홍길동이 경험했던 스토리를 주제로 권선징악이라고 했지만 부모를 부모라 부르지 못하는 관계의 안타까움을 말하는 사람도 있다.

(가)의 자료처럼 부모 곁을 떠나는 홍길동의 모습을 생각하면서 시각화 자료로 제작할 수 있다. 반면에 타이틀을 변경하면 다른 의미를 제공할 수 있다. 같은 시각화 자료도 타이틀을 변경하여 그림과 브릿지(Bridge)를 시키면 내용을 달리할 수 있다.

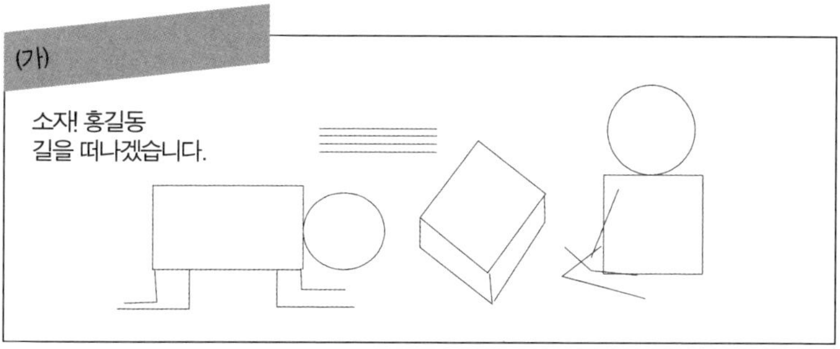

(나)의 시각화 자료는 자식 훈육에 대한 책임이 부모에게 있음을 인정하고 회초리로 때려 달라는 내용으로 교훈적이 내용일 뿐이며 평범한 스토리다. 그러나 위트가 있는 내용으로 타이틀을 변경하면 메시지는 달라진다.

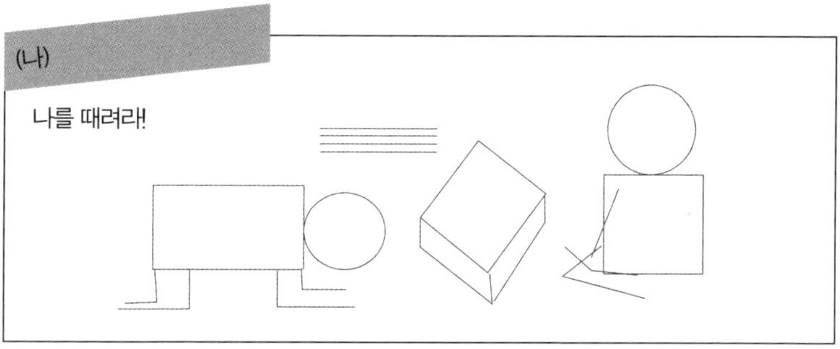

(다)의 자료는 '선택'이라는 단어를 시각화 자료로 재해석해서 타이틀을 정했다. 타이틀이 없으면 청중은 자유로운 생각을 할 수 있다. 하지만 타이틀을 제시하면 주제에 한정될 수 있다. 결론적으로

같은 시각화 자료에 타이틀만 변경하더라도 다른 의미가 있는 스토리 전달이 가능하다.

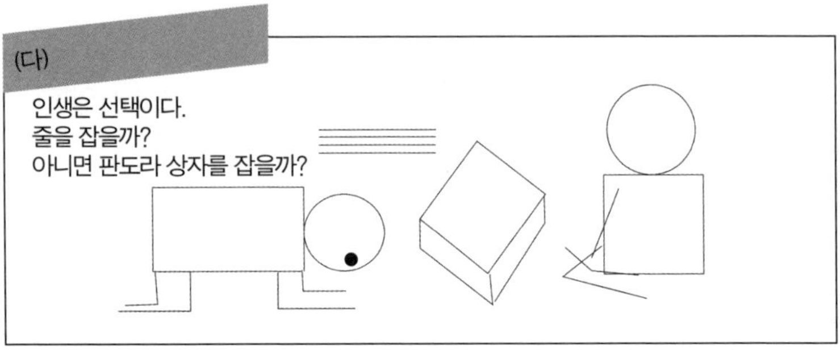

다음은 홍길동의 내용을 다른 시각으로 자료를 제작할 수 있다. 그림을 변경하기 위해서는 연관된 단어를 구성해야 한다. 홍길동전과 관련 있는 단어를 선정하면 부모, 아들, 건국, 죄와 벌, 탐관오리, 도움, 백성, 나눔, 가출, 인연, 자립, 훈련, 성과. 재물 등으로 분류하고 4개의 단어를 선택해서 문장으로 만들고 문장 구성을 하면 된다. A=B and C=D의 문장을 구성할 수 있다. '탐관오리에게 도움을 준다는 것은 착한 백성에게 죄를 묻는 것이다.'는 내용으로 타이틀을 제작할 수 있다. 문장 구성의 특별한 점은 A와 B를 반어법적으로 연관시켜 C와 D를 연결하여 전달의 효과를 높일 수 있다. 뿐만 아니라 문장 구조의 다양함을 생각하면 '가출은 자립을 돕는다.'처럼 A=B의 구조로도 타이틀을 제작할 수 있다. 단어 분류와 문장 구조를 적용해서 타이틀을 제작하면 원하는 메시지를 담을 수 있다.

(라)의 자료는 '탐관오리에게 도움을 준다는 것은 착한 백성에게 죄를 묻는 것이다.'는 타이틀로 의미는 앞과 뒤가 다른 의미를 표현했다. 홍길동전의 의미를 담은 내용으로 청중이 다양한 생각을 할 수 있는 시각화 자료가 된다. 하지만 예측 가능한 메시지는 전달력

의 효과는 떨어지게 고려해야 한다.

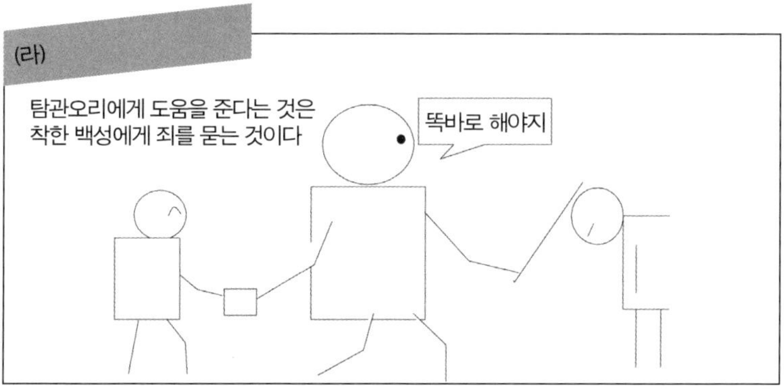

(마)의 자료는 홍길동전을 연상시키기 위해서는 몇 단계를 넘어서야 한다. 뱀이 성장한다는 의미보다 홍길동이 성장을 하는 데 도움이 된 경험을 타이틀로 만들었고, 집을 떠나면서 뜻을 세운 것을 스토리로 만들어 교훈을 줄 수 있는 내용이다.

마지막으로 스토리 변경은 단어 분류에서 문장구조까지 변화를 주는 것이다. 독서는 작가의 철학과 가치 그리고 전하고자 하는 메시지를 통해 독자는 자신의 생각과 가치를 정립하는 데 도움을 받지만, 스스로 성장하지 않으면 성과를 창출하지 못한다는 의미로

다음 (바)와 같이 자료를 제시할 수 있다.

(바)의 자료는 홍길동전의 내용과 다른 의미로 시각화 자료를 전개하였다. (바)의 자료로 홍길동전을 읽어 내기는 어렵다. 그렇다고 전달하고자 하는 내용을 전면부에 부각시키는 것은 메시지 전달의 효과를 떨어지게 할 수 있다.

홍길동전은 시대상황에 맞서는 내용의 의미가 담겨 있고, 홍길동의 활동과 성장 그리고 건국까지 비전과 목표를 스스로 이룰 수 있는 역량과 힘을 키웠다는 것이다. 이를 재해석해서 스스로 할 수 있는 능력을 배울 수 있는 기회제공으로 자극할 수 있다. 마지막으로 홍길동전의 (가)에서 (바)까지의 전개 내용을 참고로 하여 제시된 주제어로 제작을 할 수 있다면 프레젠테이션에 자신감을 가질 수 있다. 예를 들면 '사랑'이라는 주제어가 있다면, 첫 번째 해야 할 부분은 단어분류, 두 번째는 문장구조, 세 번째는 의미부여를 하면 된다. 이를 습득하고 적용하면 프레젠테이션의 어려움을 극복할 수 있다.

앞서 제시된 단어 분류에서 4개의 단어를 선택하고 문장을 구성하면 '부모는 자립을 돕고, 아들은 성과를 창출한다.'는 의미로 시각화 자료를 제작하면 다음와 같다.

(사)의 자료를 해석하면 홍길동이 스스로 성장을 할 수 있었던 것은 시대상황을 읽는 능력, 민심을 읽는 능력, 개인 역량이 뛰어났기에 가능했던 것이다. 따라서 못하게 하는 것이 아니라 스스로 할 수 있는 방법을 지원하고, 아프지 않도록 하는 것이 아니라, 건강하게 성장할 수 있도록 단련을 시켜야 하는 것이며, 비전과 꿈을 바라는 것이 아니라, 스스로 정할 수 있도록 많은 경험과 체험을 시켜야 한다.

결론적으로 홍길동전 및 삼국지의 고전 소설을 통해서 의미전달의 요소를 찾고 전달할 수 있지만 기존의 것을 되풀이 하는 것은 성장을 기대할 수 없다. 창의적 프레젠테이션을 하기 위해서 기존의 것을 불쏘시개로 이용하여 키울 수 있고, 주어진 주제를 해석하고 전달하는 방법을 찾아야 한다. 하지만 무조건 흉내 내기를 한다면 발전을 기대할 수 없다. 접근 절차와 과정을 학습해야 하며, 창의적 표현력을 배양해야 한다. 그러려면 전달하고자 하는 의도와 목적 그리고 방향과 가치를 전달할 수 있도록 훈련을 통해 역량을 배양해야 한다.

3. 단어로 풀어가는 프레젠테이션

"재미와 관심 그리고 마음을 끄는 것이 스토리다"

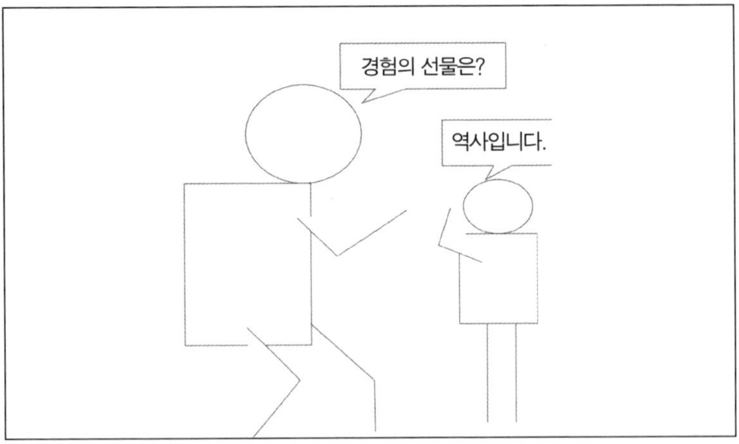

단어로 풀어가는 프레젠테이션

[영어]

프레젠테이션을 하면 다양한 내용을 전달할 수도 있지만 아이디어의 한계에 직면할 수 있다. 따라서 '구조화 프레젠테이션 하라'에서 언급한 내용에 더하여 한글과 한자 그리고 영어단어를 통해 아이디어를 얻을 수 있고 다른 방향의 스토리로 전달 할 수 있다.

아이디어(Idea)를 스토리로 표현하고 구성할 수 있다. 아래 그림에서 알 수 있듯이 단어의 의미를 설명할 수 있고 전달하고자 하는 주제에 맞출 수 있을 것이다.

아이디어(Idea)에 대한 의미를 실행을 통해 답을 찾는 노력이라고 정의할 수 있다. 사전적 의미를 설명하는 것보다 스토리 전개를 통해 답을 찾는다면 다양한 메시지를 전달할 수 있다. 아이디어라는 단어의 성격을 '생각'으로만 표현하는 것은 전달강도와 목적이

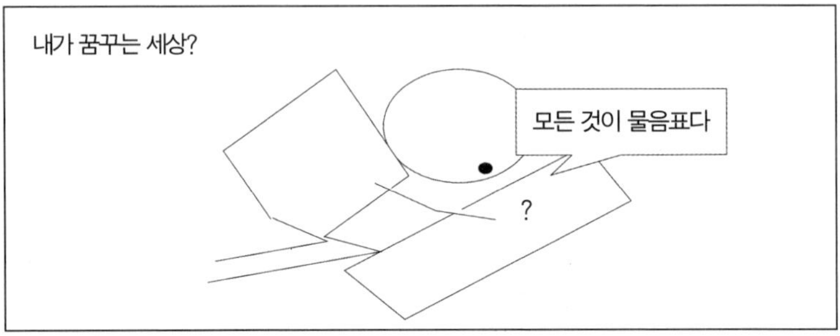
내가 꿈꾸는 세상?
모든 것이 물음표다
?

물음표를 느낌표로 Design
감 떨어지기만 기다리지 않는다!
?
!

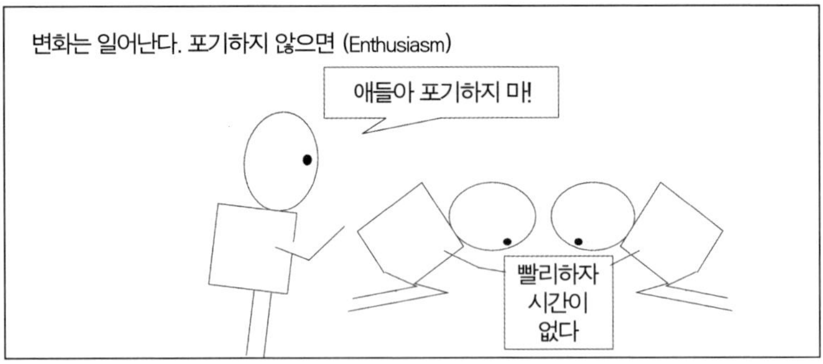
변화는 일어난다. 포기하지 않으면 (Enthusiasm)
애들아 포기하지 마!
빨리하자
시간이
없다

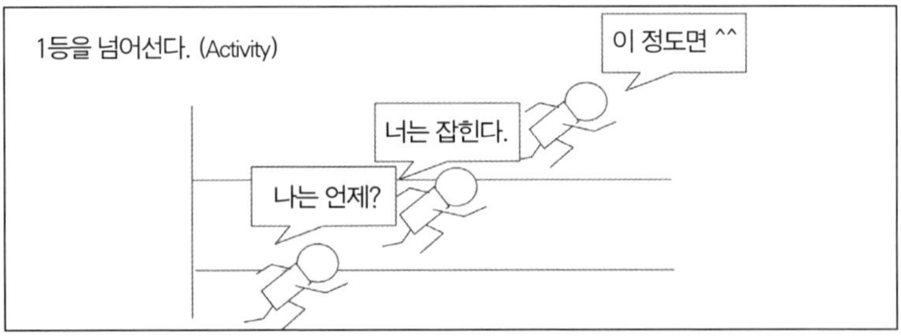
1등을 넘어선다. (Activity)
이 정도면 ^^
너는 잡힌다.
나는 언제?

약할 수 있다. 경우에 따라서 한글 표현보다 영문표현이 메시지 전달이 강할 수 있다. 아이디어(Idea)를 I. D. E. A로 스펠링을 분리해서 다음과 같이 시각화 자료로 제작을 할 수 있다.

앞의 그림처럼 아이디어(Idea)를 스펠링으로 분리하고 그림으로 의미를 부여하면 아이디어(Idea)는 열정적으로 생각하고 행동하는 태도로 정의할 수 있다.

결론적으로 아이디어(Idea)는 '자신이 꿈꾸는 세상을 위해 큰 생각과 이루기 위해 포기하지 않는 태도와 의지의 실행이다'는 말로 포기하지 않고, 될 때까지 노력하는 것을 의미한다.

다음으로 사용빈도가 높은 영어 단어는 러브(Love)다. 남·여 간의 관계, 가족관계에서 불리는 말이다. 러브(Love)라는 단어에 대한 이해와 해석을 못해 질문을 하는 경우는 없다. 하지만 다양한 의미를 전달할 수 있다는 생각을 하지 않는다. 언행이 함께 내포된 의미이기에 더하고 빼고 할 것도 없다. 단어를 분리하면 최초의 의미와 연관된 다른 의미로도 스토리를 전개할 수 있다.

다음의 자료처럼 가장 어려운 선택은 상대방이 무엇을 원하는지 알고 그것을 해결하는 것이다. 선택은 사랑의 힘으로 극복할 수 있는 것이 아니다. '네가 주문했던 것이 내가 원했던 거야'는 말을 통해 확신을 주어야 한다.

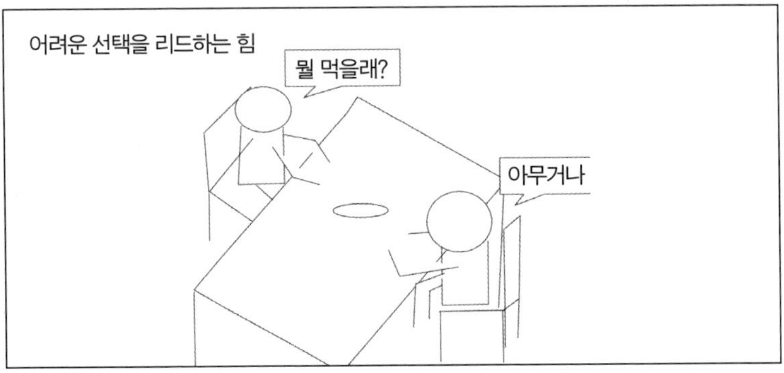

러브(Love)의 단어를 분리하면 'L(leading) 리드하고, O(Others) 다른 사람들의 V(Value) 가치를 인정하는 E(Energy) 힘'을 러브라고 할 수 있다. 러브(Love)의 의미에 더하여 메시지의 전환을 가져올 수 있다.

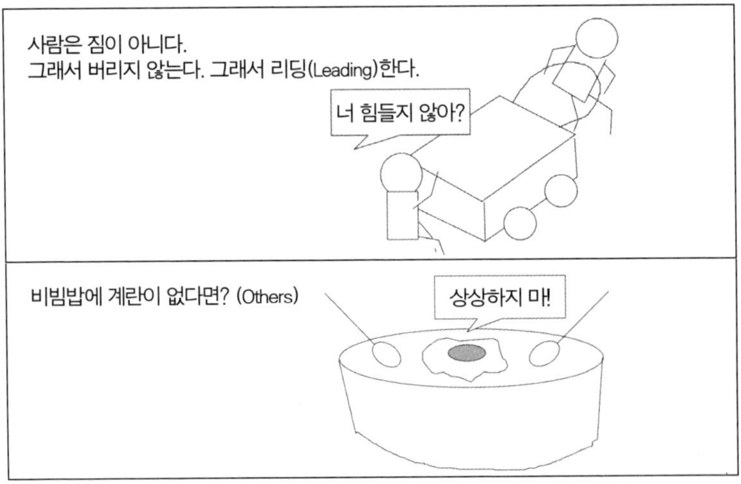

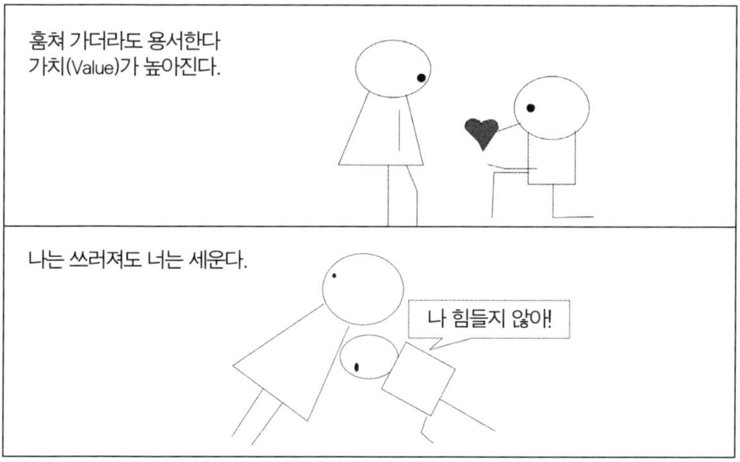

각각의 그림처럼 러브(Love)에 대한 영문 스펠링으로 의미를 담을 수 있다. 사람을 리드하고 함께 하며 가치를 공유하고, 타인과 함께해서 신뢰를 쌓고 지킬 수 있는 마음과 태도를 가지는 것이 러브(Love)라고 할 수 있다. 결론은 아래와 같이 정리할 수 있다.

러브(Love)는 '시작도 어렵고, 과정도 어렵고, 유지도 어렵지만 행복을 느끼는 것이다.'며 살아온 삶과 가치 그리고 미래를 한 방향으로 정리해야 하기에 어렵고 힘든 것이다. 그래서 러브가 좋은 스토리로 기억되는 이유다.

단어로 풀어가는 프레젠테이션

[한글]

한글의 사전적 의미와 한자 그리고 영어의 의미를 포함하는 내용도 담을 수 있다. '조석, 천지, 명암' 등 반대되는 의미도 프레젠테이션자료로 내용의 폭을 넓힐 수 있다. 다만 앞서 영어단어로 풀어보는 프레젠테이션처럼 메시지의 내용을 알 수 없도록 해야 한다. 결론을 정해놓고 전개를 하다보면 내용전달의 의미가 약해질 수 있다.

'조석'이라는 단어는 첫 번째, 밤과 낮을 말하고, 두 번째 '쉼'없이 일하는 생활을 의미한다. 단어가 내포하고 있는 의미의 폭은 넓다. 이를 구체화시켜 전달하면 효과적이고 아이디어의 한계를 극복할 수 있는 기회가 된다.

사전적으로 해석을 하면 전달하고자 하는 주제와 어울리게 정의할 수 있지만 앞서 언급한 영어단어로 풀어가는 프레젠테이션처럼 접근하면 스토리의 폭은 넓어진다.

밤과 연관된 단어를 분류해보면 어둠, 암흑, 두려움, 운치, 달 등으로 해석이 가능하며 낮은 밝음, 빛, 희망, 맑음, 해, 용기 등으로 분류로 가능하다. 다음으로 문장구분을 통해 의미를 부여할 수 있다. 4단어를 선택해서 '어둠이 빛을 가려도 두려움은 희망으로 전환이 된다.'는 의미로 의미 전달이 가능하다. 더하여 메시지를 시각화해서 핵심 주제를 전달한다면 동기를 부여할 수 있다.

'기, 승, 전, 결'로 문맥을 이루면 논리적으로 이해를 도울 수 있고, 시각화 자료는 다음과 같이 전개할 수 있다.

'어둠이 빛을 가려도 두려움은 희망으로 반드시 전환이 된다.'

앞의 그림에서 주제와 관련된 메시지는 '때문에가 아닌 덕분에'라는 의미가 되며 '어둠이 빛을 가려도 두려움은 희망으로 반드시 전환이 된다.'는 스토리로 전화위복(轉禍爲福)의 기회로 연결할 수 있다.

결론적으로 위의 의미를 가진 스토리를 종합적으로 시각화 자료로 제작하면 다음과 같이 제작할 수 있다.

다음의 그림은 유머집에도 나오는 내용이다. '내가 등대야. 네가 비켜'라는 의미로 배는 머물러 있으면 표류를 하기에 해로를 따라 움직여야 하고 장애물이 있으면 피해야 지속적인 성장을 할 수 있다는 것이다. 또한 깨어지지 않는 벽을 무너뜨리기 위해 에너지를 쏟는 것은 안 되며 방향전환을 통해 새로운 출구를 찾는 노력을 해야 한다. 정답이 하나가 아니라는 사실을 인식해야 한다.

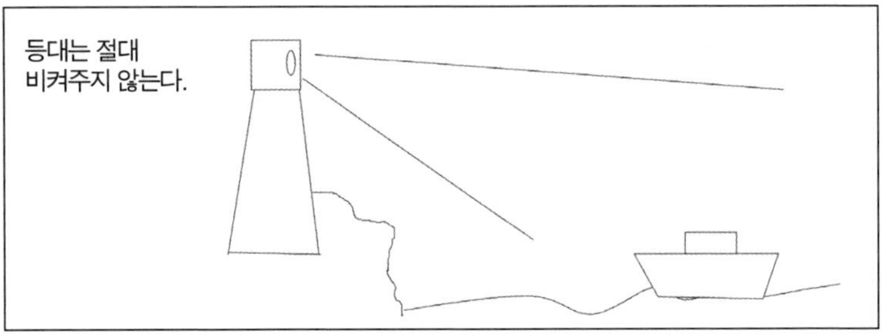

'등대야 네 덕분에 위험을 피했다.'

고등학교에서 강의할 때 있었던 에피소드다.

"우리들에게 공부 잘해서 꿈을 가지라고 해요."

"그래, 이왕이면 잘하는 것이 좋지."

"그러면 공부를 못하면 꿈도 가질 수 없다는 뜻인가요?"

공부를 하기 싫다는 노골적인 표현이었다. 그리고 대뜸 질문한다.

"우리는 왜 공부를 해야 하나요?"

찰나였지만 많은 생각을 했다. 필요성을 역설하게 되면 그들은 동의하지 않을 것이고, 그렇다고 학문적으로 표현하면 경청하지 않을 것이기에 미끼(?)를 던졌다.

"좋아! 너희들이 말하는 공부를 왜 해야 하는지?에 대한 답을 하는 친구들에게 맛있는 것 준다. 당분이 떨어지는 이 순간에 가장 필요한 것이지."

한 학생이 미끼를 물었다.

"필요한 순간에 사용할 수 있기 때문입니다."

"왜 그런 생각을 했지?"

"강사님이 당분이 떨어지는 순간에 필요한 것을 제공한다고 했잖아요."

학생들은 발표에 동의를 했다. 여기에 한 걸음 더 나아갔다,

"좋아, 앞의 친구와 다른 생각이 있다면 말해보자,"

"네 제가 말해 보겠습니다. 공부는 다른 사고를 할 수 있고, 다른 시도를 할 수 있는 기회가 될 듯합니다."

"좋아요, 두 친구에게 당분을 드립니다."

과자 한 봉지를 통째로 두 명에게 주었다.

"이것 정말 다 주시는 것예요?"

"그럼 다 주지. 내용물 하나씩 줄까?"

"아닙니다. 지금까지 이런 경우가 없었거든요."

"그렇게 학습되어 왔구나."

그러자 또 한 친구가 손을 들었다

"왜?"

"저도 말해도 되겠습니까?"

"그래 말해"

"공부를 하면 성과물과 결과가 달라질 수 있습니다."

정답이다. 학생들은 알고 있었다.

"공부는 한자로 쓰면 工夫라고 쓴다. 많이 본 글씨 맞지?"

학생들은 이구동성으로 그 정도는 알고 있다고 말한다.

"추가내용이 있어요. 이해를 돕기 위해 설명하면 먼저 공(工)은 시스템이고, 부(夫)는 하늘에 이르기 위해 노력하는 사람(천(天))이다."

"무슨 말씀이세요?"

"시각화시켜 줄 테니 잘 봐."

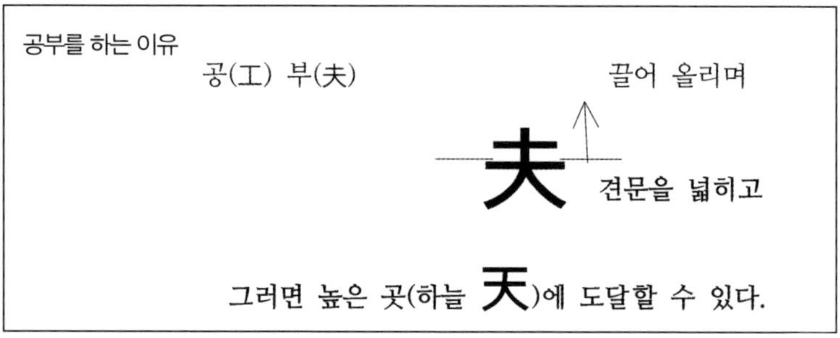

학생들에게 그림을 그려주고 설명을 했다

"시스템 속에서 견문을 넓히고 큰 힘으로 끌어올려 높은 곳에 이르기 위해 하는 활동이 공부다. 이해가 되니?"

"말도 안 돼요. 이런 억지가 어디 있어요?"

"그렇지 억지지 말도 안 되지."라고 급 마무리를 했다.

일반 단어의 연속을 통해 좋은 말을 할 수 있고, 기억력을 이용해 모래알처럼 많은 단어들 속에서 필요한 주제에 맞는 말을 찾을 수 있다. 말을 못하는 사람은 없다. 메시지 없는 말도 없다. 다만 자신의 생각이고 가치인가?라는 물음에 Yes라고 답하는 사람은 많이 없다. 따라서 임팩트(Impact) 있는 말은 충분한 학습으로 자신의 생각을 어떻게 구현하는 가에 달려 있다고 볼 수 있다.

가끔 강사가 되고 싶어 찾아오는 강사들이 있다. 테스트를 하고 함께 할 수 있을지를 판단한다. 강의 테스트기준은 다른 사람의 인용 없이 본인의 이야기와 철학 그리고 학습했던 것을 5분을 강의시킨다. 하지만 대부분의 지원자들은 책에 있는 내용을 전달하려 했다. 이런 이유로 돌려보낸다.

일반적인 정보는 다양한 경로를 통해 획득할 수 있다. 좋은 말의 조합들로 학습자들에게 제공하는 것은 게으른 학습자들에게 정답을 제공하는 것과 같다. 따라서 학습자 스스로 배울 수 있는 내용을 제외하고 전달하는 것이 강사의 책임이다.

그렇기 때문에 충분한 학습내용을 개발하고 그것을 적용하여 청중의 공감을 얻을 수 있는 내용이 되어야 하기에 창의적 학습 개발이 필요하다. 효과적으로 전달하기 위해 많은 내용보다 전달하고자 하는 메시지를 창의적으로 개발하여 전달할 필요가 있다.

다음으로 자주 언급되는 말이 목표(目標)다. 자신이 가고자 하는 방향을 설정하고 시각적으로 선명하게 자신의 현재를 분석하고 미래를 보며 나아가는 것을 말한다. 특히 목표를 설정해야 하는 이유는 많다. '너 커서 뭐가 될래?'라는 말은 공부를 하지 않거나, 못하거나, 태도가 좋지 않은 것을 통틀어 표현하는 말이다. 문제는 부모들이 자식들의 변화를 기대하면서 하는 말이 아니다는 것이다. 그런데 왜 이런 말을 해서 자극을 주고자 했던 것일까? 어떻게 동기부여를 할 줄 모르기에 강제적 수단을 동원하기 위한 리허설이기 때문이다.

하지만 최근에는 자녀들을 훈련하는 방법과 분위기가 많이 바뀌어 위와 같이 말을 하는 경우가 줄어들고 있다. 성공한 사람들을 보면서 그들도 꿈을 그리고 주변의 기대를 생각하며 자신의 진로를 설정하고 성취하기 위해 노력하는 자녀들이 많이 있다. 좋은 인풋(In-put)이 있어야 좋은 아웃 풋(out-put)이 나오는 것처럼 좋은 정보를 제공해야 실행을 통해 결과를 기대할 수 있기 때문이다.

목표(目標)의 사전적 의미는 '활동을 통하여 이루거나 도달하려는 실제적 대상으로 삼음.'을 뜻하며 사전이나, 인터넷 검색을 통해 내용을 습득할 수 있다. 다만, 사전적 의미를 전달하는 수준에 머물러서는 안 된다. 전달하고자 내용과 의도를 다양한 방법으로 전달함으로써 청중에게 좋은 기회를 제공해야 한다.

목표를 전달하는 방법으로 단순하게 목표(目標)는 목(目) + 목(木) + 표(票)로 분리해서 '나무에 표시된 부분을 눈으로 보는 것이다'는 의미로 전달할 수 있다.

위의 그림은 '방향을 설정하고, 니즈(Needs)에 부합한 내용을 구체적으로 실행하여 성취감을 느껴야 한다.'는 의미로 전달을 할 수 있다. 하지만 아쉬움이 있다. 추가적으로 전달시스템으로 구체화하고 의미를 확대해서 스토리변경 절차와 과정을 거쳐 다른 메시지를 전달 할 수 있다면 청중에게 도움이 될 것이다.

• 전달하는 시스템은 다음과 같다.

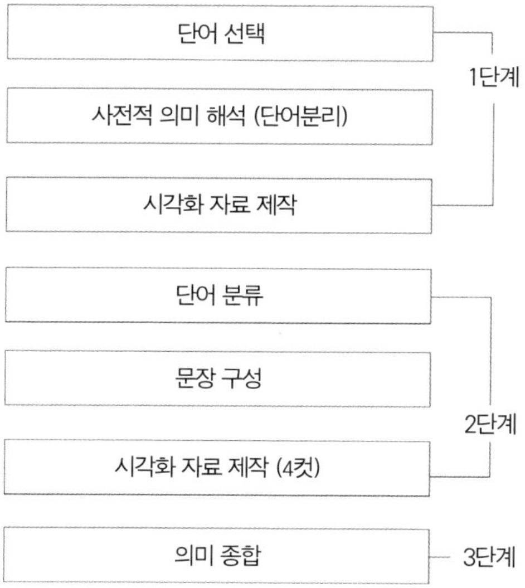

3단계 시스템을 적용하고 내용의 폭을 넓혀 스토리를 전달하면 청중을 존경하는 마음으로 대할 수 있다. 어려운 단어와 문장으로 전달하는 것이 격을 높일 수 있다는 생각으로부터 벗어나면 발표자의 의지와 방향을 청중에게 선명한 메시지를 전달할 수 있다.

먼저 목표(目標)를 연관지어 분류하면 실행, 비전, 노력, 땀. 포기, 열정, 어려움, 성취감, 기대, 자존감, 현실 등으로 연관지어 기술할 수 있고, 거미줄 기술법 등으로 전개하면 더 많은 단어를 구상할 수 있다.

연관된 단어들 중 3단어를 선택해서 문장을 연결하면 '목표는 포

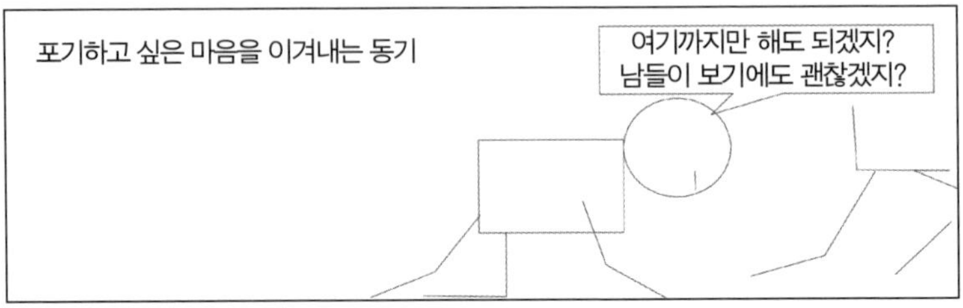

기하지 않고 노력하면 이룰 수 있는 현실이다.'는 내용으로 다음과 같이 시각화 자료로 제작할 수 있다.

목표는 루틴(Rutin)대로 실행해서 이룰 수 있는 것이 아니다. 땀과 시간 그리고 열정을 다하고 때로는 포기하고 싶은 마음을 극복하고 실행할 때 목표가 달성될 수 있다. 그리고 누구나 할 수 있는 작은 목표는 여러 개를 설정하여 지속성을 유지해야 된다. 왜냐하면 작은 목표들의 집합체가 비전이기 때문이다. 실패하는 것은 달성가능성이 떨어지는 경우와 리추얼(Ritual)이 무너질 경우이다. 실패하는 이유는 많지만 달성하는 이유는 단 한 가지로 '실행'이다. '목표달성은 실행이다.'는 내용을 4가지 컷의 시각화 디자인으로 제작할 수 있다.

'목표는 포기하지 않고 노력하면 이룰 수 있는 현실이다.'

다음의 시각화 자료의 4컷은 '목표는 포기하지 않고 노력하면 이룰 수 있는 현실이다.'는 스토리로 구성했다. (가)의 내용은 힘없이 길을 가는데 기분이 좋아 보이는 친구를 만났다. (나) 이유를 묻고, 자신은 경험한 내용이라 관심이 없다. (다) 하지만 수영을 배운 목표가 바다수영을 위해서라는 말을 듣는다. (라) 그리고 같이 가자는 말에 놀란다.

목표는 달성 이후의 목표가 있기에 간절함이 있는 것이다. 누구에게는 간단한 목표이지만 또 다른 이에게는 가장 힘든 목표가 될 수 있다. 따라서 목표는 크기에 따라 가치를 평가할 수 없다. 간절함과 자기만족에 따라 가치가 달라진다. 그래서 현실로 만들기 위한 노력과 함께 할 수 있는 목표라면 더욱 가치가 있는 것이다.

프레젠테이션은 상황을 예측할 수 있는 전개보다 새로움이 있는 내용으로 표현하는 것이 효과적일 것이다. 결과적으로 '목표'라는 내용을 시각화 자료로 만들면 다음과 같이 제작할 수 있다.

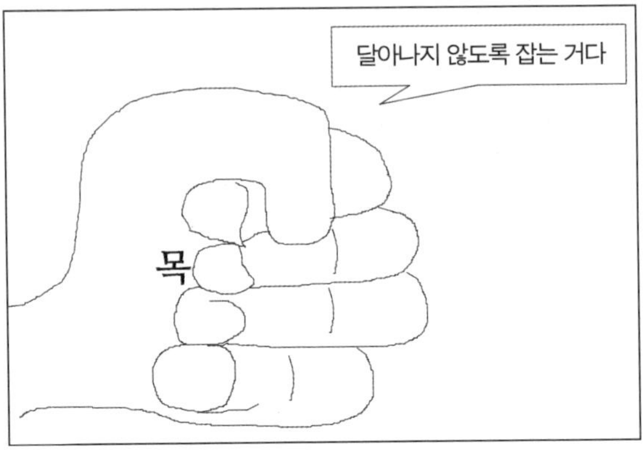

다음은 열정(熱情)으로 뜨거움을 표현하고 포기하지 않는 태도를 말한다. 열정이라는 단어를 사전적 의미로 표현해도 의미와 내용 전달이 가능하다. 그렇다면 앞서 설명한 시스템을 적용시키면 다른 의미로 전달이 가능해진다.

1단계의 내용은 '뜨거움을 전하는 열정'이기에 시각화 자료로 제작하지 않는다. 2단계는 열정을 연관된 의미를 분류해 보면 '포기, 뜨거움, 빨간색, 외향적, 샤우팅(Shouting), 꿈, 성취, 도전, 인간관계 등으로 분류하고 문장으로 연결하면 되고. '열정은 꿈에 대한 도전

과 성취로 인간관계가 초석이 된다.'는 메시지를 정하여 스토리로 표현할 수 있다.

내가 좋은 사람을 얻기 위해 노력하는 것보다 자신이 좋은 사람이 되면 되는 것처럼, 열정은 변화를 위한 노력으로 성과를 얻을 수 있다는 의미로 해석을 할 수 있으며 그리고 목표를 정하면 포기하지 않는 태도를 말하고 있다.

의미 전달을 위해서는 단어 자체에 대한 메시지도 필요에 의해 전달할 수 있고, 스토리로 연결하여 보완한다면 의도와 목적에 맞는 메시지를 명확하게 할 수 있다. 따라서 열정을 스토리로 연결하면 다음과 같이 할 수 있다.

'열정은 꿈에 대한 도전과 성취로 인간관계가 초석이 된다.'

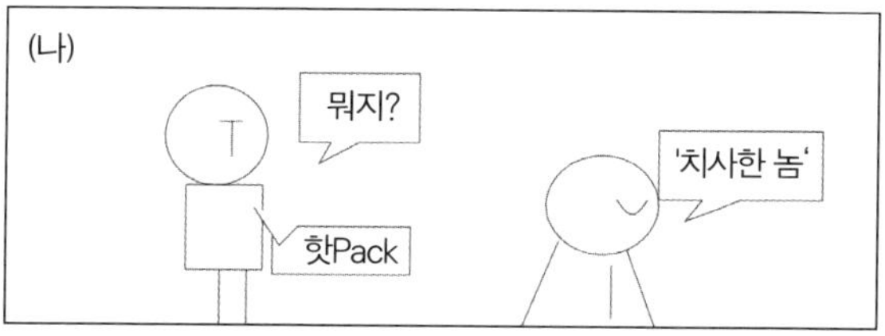

앞의 시각화 자료의 4컷은 '열정은 인간관계를 통한 꿈에 대한 도전과 성취다.'는 스토리로 (가)의 내용은 자신을 위하는 마음에 진정성을 느끼지 못할 경우에 호의를 거부하는 스토리다. '진정성'이라는 단어의 개념은 타인을 위하는 마음 그리고 목표달성을 바라는 마음의 간절함을 알 수 있는 표현이다. 따라서 모든 행동과 태도 그리고 말에는 진정성이 있어야 한다. 그리고 (나)와 (다)는 거절의 표현하는 것으로 첫 번째 거절은 진정한 거절이 아니고, 두 번째 거절은 첫 번째 거절을 명분을 유지하기 위함이기에 세 번까지는 권해야 한다는 것이다. 이를 인식하지 못하는 경우에는 인간관계가 무너질 수 있다. 이런 이유로 (라)에서 돌아선 마음을 어떻게 되돌릴 수 있을까?라는 질문에 대한 답은 첫 번째는 유머 코드를 맞추어서 표현하면 해결할 수 있고, 두 번째는 상대의 니즈(Needs)에 부합한 의미를 전함으로써 문제를 극복할 수 있다. 사람의 마음을 얻기 위해 모든 열정과 노력을 다해야 하고 그것이 꿈에 대한 도전과 성취의 길이 될 수 있다. 위의 내용을 포함하는 스토리를 다음과 같이 제작할 수 있다.

진정한 의미를 유머와 위트를 통해 전달하려다 자신의 속내와 다른 의미로 전달을 하다보면 좋은 기회를 잃어버리는 경우도 발생할 수 있다. 참고로 프러포즈는 책임과 의무의 무게가 크기에 진지함으로 접근해야 한다. 하지만 위의 자료는 유머와 위트를 잘못 적용하여 의미와 가치를 무너뜨리는 상황을 연출할 수 있다는 것이다. 상황과 환경에 맞는 분위기를 연출하여 선명한 메시지를 전해야 한다.

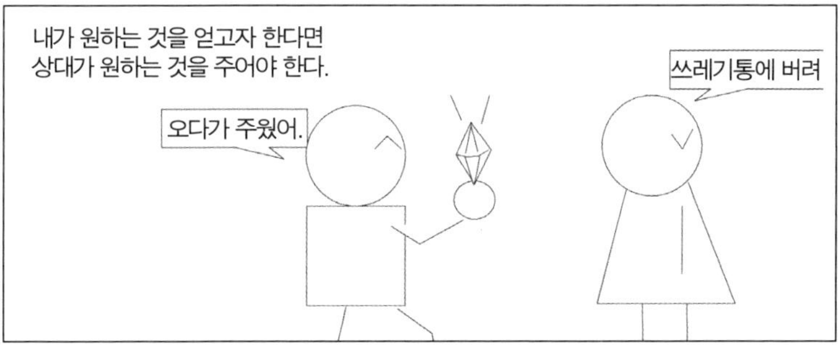

결론적으로 모든 프레젠테이션은 전달하고자 하는 명확한 의미와 상황에 맞는 스피치로 공감을 유지해야 동기를 부여하는 기회를 얻을 수 있다.

4. 느낌(감정) 공감으로 풀어가는 프레젠테이션

"감정을 표현하는 것은 공감을 여는 길이다."

느낌(감정)을 표현하는 것이 프레젠테이션이다

프레젠테이션을 진행하면서 자신을 표현하는 과정의 마지막은 영감(Inspire)전달이다. 동기를 부여하는 마지막 메시지가 되며 핵심주제가 담겨 있다.

개인의 느낌과 감정을 표현하는 것은 어려운 것은 아니다. 다만 전달하고자 하는 메시지와 연관성이 있을 때 효과적이 된다. 모든 자료의 내용을 단어로 규정하고 앞서 학습한 I 장의 3 단어로 풀어가는 프레젠테이션을 참조하면 된다.

내용은 개인의 희로애락, 개인감정, 그리고 가치와 철학 등을 동기를 부여하는 방법으로 메시지가 전해져야 한다. 따라서 일명 '20초 프레임'으로 구성하는 것이 효과적이다.

메시지를 전달하기 위해서는 시각화 자료와 텍스트를 정제해서 전달해야 한다. 필요시 쇼츠(shorts)로 전달하는 기술도 필요하다. 예를 들면 아래의 시각화 자료처럼 간단하게 전달하는 방법도 있다.

앞의 자료는 승부의 세계에서 볼 수 있는 모습이고 아름다움과 눈물 그리고 감동이 있는 자료가 될 수 있지만, 반대로 타인에게 피

해를 주고 자신의 이익을 챙기는 경우를 지양해야 하는 두 개의 의미를 담고 있는 스토리로 구성할 수 있다. 따라서 전달하고자 하는 메시지는 양면성이 있기에 감정과 느낌을 표현하는 데 있어서 텍스트의 역할이 중요하다.

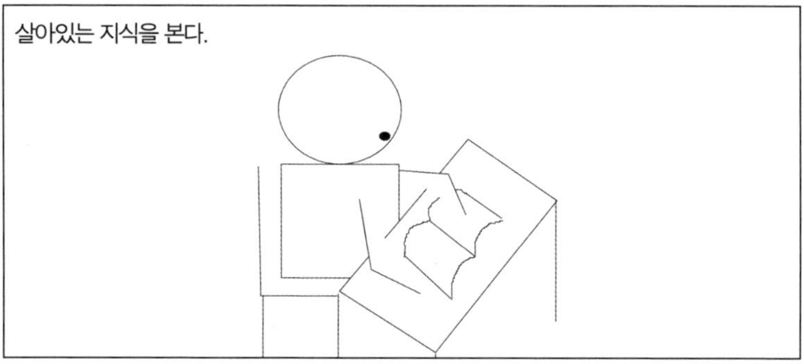

위의 시각화 자료는 책을 보고 있는 모습이지만 '살아있는 지식을 본다.'는 내용의 타이틀로 어떤 스토리로 전달할 수 있을까? 첫 번째는 세상을 보는 경험과 체험의 필요성을 말할 수 있고, 두 번째는 외워서 하는 공부와의 이별을 해야 하는 이유에 대해서 말할 수 있고, 마지막으로 공부를 잘하면 원하는 기회를 얻을 수 있다는 내용으로 말할 수 있다. 주의해야 할 것은 부정적인 요소는 지양해야 한다. 안 된다는 표현보다는 '하자'라는 내용으로 메시지를 전달해야 한다는 것이다.

마지막 메시지는 긍정적으로 동기를 부여하는 부분이기에 주의를 기울여야 한다.

[사진]

다음의 사진 자료 타이틀을 '엎어진 물 주워 담지 못한다.'고 정의하고 연결하는 스토리로 첫 번째는 '내뱉은 말도 주워 담지 못한다. 그래서 말에는 책임이 따른다.'는 메시지와 두 번째는 '프레임에 갇혀 있으면 자유로운 생각의 한계가 있다.'는 스토리이고 마지막으로 '성과는 관리에 의해 창출된다.'는 짧은 의미를 부여할 수 있다.

사진 한 장에 담을 수 있는 스토리는 많다. 위의 사진에 타이틀만 변화를 주더라도 완전히 다른 메시지 전달이 가능하다. 예를 들면 '깨진 컵에는 가둘 수 없다.'며 리더십이 없는 리더는 따르는 사람이 없다는 의미로 연결할 수 있다.

한 장의 사진에 타이틀과 스토리를 구성하여 사용할 수 있는 단어들은 1,000자 이상이다. 한 장의 사진에서 그려낼 수 있는 단어들을 분류해서 문장으로 연결하면 많은 의미와 스토리를 전달할 수 있다.

• 사진 속에 품어 있는 내용을 관련단어로 분류를 하면 아래 같이 할 수 있다.

엎어진 물
- 사전적 의미 :
- 시각적 의미 : 물, 젖음, 걸레, 종이컵
- 연관된 의미 : 실수, 실패, 안타까움, 혼남

물론 깨진 컵과 물을 별도로 해서 단어 분류도 할 수 있지만 사진 자체의 의미를 담아 문장을 분류했다. 2단어 이상으로 문장을 구성해서 시각화 자료로 제작을 할 수 있다. '물과 실수' 두 단어를 문장으로 구성하면 '실수는 물과 같이 계속 젖어든다.'처럼 반복된 실수를 의미할 수 있다. 3단어를 A=B=C 와 A=B=C 문장구조로 할 수 있다. 먼저 A=B=C 구조로 문장을 제작하면 '실수는 물처럼 젖어들어 실패한다.'는 의미와, A=B≠C 구조로 문장을 제작하면 '실수는 물처럼 젖어들지만, 실패는 반복하지 않는다.'처럼 의미를 반대로 제시할 수 있다. 마지막으로 A=B and C=D와 A=B but C=D구조로 만들 수 있다. A=B and C=D 구조로는 '물은 젖어 스며들고, 실수의 반복으로 실패를 불러 온다.' 는 뜻과, A=B but C=D 구조로 '물은 젖어 스며들지만, 실수는 실패를 적시지 않는다.'는 뜻으로 스토리를 만들 수 있다.

덧붙여 단어 분류와 확장이 사진의 내용을 다양하게 할 수 있다. 관련된 단어가 제한이 되면 내포된 의미를 찾기에는 제한이 된다. 따라서 사진을 해석하기 위해서는 단어분류의 확장을 고민해야 한다.

A=B but C=D 구조로는 '물은 젖어 스며들지만, 실수는 실패로 이어지지 않는다.'는 의미로 아래와 같이 시각화 자료로 제작이 가

능하며, 핵심 포인트는 단어를 한정해야 한다는 것이다.

• 사진에 숨어 있는 의미를 찾는 프로세스(Process)

사진 획득
단어 분류
문장구조 (A=B but C=D)
핵심 단어 추출
스토리 구성 및 제작

위의 단계를 거치면서 문장구조에서 핵심단어를 추출해서 쉽게 시각화 자료로 제작을 할 수 있다. 핵심단어는 물과 실패 두 단어가 된다.

• 먼저 '물'로 문장구조를 디자인 하면 아래와 같다.

'출구보다 입구가 좁을 때 담을 수 없다.'는 의미는 '물은 젖어 스며들고, 실수의 반복으로 실패를 불러 온다.'는 뜻으로 연결하여 최종적으로 '반복된 실수는 문제해결의 아이디어를 놓치는 경우가 있

다.'는 내용으로 연결할 수 있다.

다음은 '실패'를 핵심단어로 하여 시각화 자료로 제작해 보면 다음과 같다.

실패라는 단어는 성공한 사람들이 할 수 있는 말이다. 또한 처음부터 성공한 사람들이 할 수 없는 유일한 말이다. 실패라는 단어는 소중함은 다시 일어서는 노력과 열정에 어울리는 말이기에 뜻이 깊다.

위의 시각화 자료에서 알 수 있듯이 독립을 하는 것은 기대감이 두려움보다 더 크며, 실패보다 도전의 의미가 크다. 따라서 실패라는 경험으로 부터의 배움이 자신의 스토리를 구성하는 큰 부분이 된다.

엎어진 컵이 단계별 과정을 거치면서 '반복된 실수는 문제해결의 아이디어를 놓치는 경우가 있다' 는 의미와 '도전이라는 경험을 통해 실패의 경험을 배운다.'는 의미로 해석될 수 있었기에 사실을 바라보는 시각으로 내포된 의미를 찾는 훈련이 지속적으로 필요하다.

청소년 강의를 할 때였다. 사진이나 그림을 통해 어디까지 상상할 수 있을까?라는 궁금함에 재미있는 질문을 했다.

'지금부터 내가 그리는 그림에 해당되는 인물을 맞추는 거야'라고 말하고 아래 그림을 그렸다.

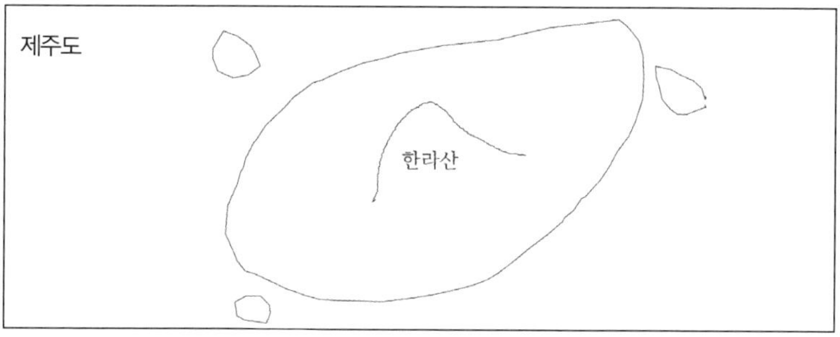

제주도 그림을 그리고 해당되는 인물이 누구인지 물었다. 그들은 자신들이 알 만한 인물을 답한다. 물론 정답을 말했다면 좋았겠지만 어디까지 상상하고 답을 할지 궁금했다.

"아직 정답을 말한 친구가 없는데?"

"이제 정답을 말해주세요."

"그래 정답은 도산 안창호 선생님."

"왜요?"

"잘 봐, 제주도에 '도' 한라산의 (산) 그래서 도산 안창호."

"와우."

일부 친구들은 이해를 했고. 일부는 어이없는 표정이고, 일부는 환호를 보낸다. 짧은 시간이지만 그들에게 웃음을 주었다.

프레젠테이션은 사실적 표현을 기초로 하여 임팩트(Impact)를 주어야 한다. 사실적 한계를 극복하고 메시지 전달력을 강화하기 위해 예측 가능한 내용을 전달하는 것보다는 스토리로 연계된 시각화 자료로 제작해서 전달하는 것이 효과적일 것이다.

Ⅱ장에서 사진을 풀어가는 창의적 프레젠테이션에서 구체적으로 설명을 한다.

4. 느낌(감정)으로 풀어가는 프레젠테이션

사용할 수 있는 말 중에 가장 아름다운 말이며 용서, 화해, 이해, 배려, 희생 등의 모든 단어들을 내포하고 있는 표현이 '사랑'이다. 단순하게 사랑을 표현하면 위의 그림처럼 '하트'로 제작할 수 있다. 하지만 반복적으로 언급되는 말이지만 단순하게 전달하는 것보다 숨어 있는 내용과 경험, 그리고 가치 등을 사실적으로 표현이 되어야 감동이 되고 공감을 얻을 수 있다.

살아온 환경과 문화가 달랐던 두 사람이 하나로 연결되는 과정을 '결혼'이라고 했다. 따라서 '사랑 = 결혼'으로 연결하는 것은 누구나 예측이 가능하다. 물론 지금은 다른 시각을 가진 사람들도 있다는 것을 부인하지 않는다.

여기에서는 스토리 전개 목적상 '결혼'이라는 의미를 어떻게 전달할 것인가를 프레젠테이션으로 설명한다.

결론적으로 전달하는 방법은 재미와 흥미 그리고 예측 불가능한 내용으로 결혼의 의미를 유도하는 것이 좋다.

결혼을 '골-인'으로 표현을 할 수 있다. 하지만 하트와 골인을 '사랑'을 표현하면 청중은 예측 할 수 있다. 따라서 예측을 어렵게 하고 메시지 전달의 효과를 높이기 위하기 위해서는 창의적 아이디어가 필요하다. 훈련된 숙련자는 쉽게 접목할 수 있으나 초보자들은 아이디어를 구현하기 어렵기 때문에 절차를 숙달하면 익숙해질 수 있다.

절차적 방법으로,

시각화 자료 제작 과정(Process)

형용사(화두 선정)
연관된 단어 선정(단어분류, 관련성)
단어 선택 (2 ~ 4단어)
문장구성 (A=B, A=B=C, A=B and(but) C= D)
핵심 단어 선정 및 디자인 제작

중요한 부분은 문장 구조에서 핵심 단어를 선정해서 그림을 연상하고 제작해야 하며 내포된 의미를 간접적으로 전달하여 청중의 공감을 얻어야 한다. 직접적인 부분보다 스토리의 다양성을 엮어내고 간접적 경험을 할 수 있도록 도움을 주는 메시지가 되어야 한다. 간접적 표현으로 전달되는 효과의 유무는 발표자의 책임이다.

시각화 자료 과정(Process)

· 형용사(화두 선정)	: 사랑
· 연관된 단어 선정	: 결혼, 남녀, 가족, 역경, 극복, 호수
· 단어 선택 (2 ~ 4단어)	: 결혼, 역경, 극복, 가족
· 문장구성	: 결혼생활을 극복하는 것이 아니라, 가족으로 역경을

이겨내는 것이다

· 핵심 단어 선정 및 디자인 제작 : 넘어서기

앞의 과정을 거쳐 '사랑 = 넘어서기'로 핵심주제를 선정하고 시각화 자료로 제작을 하면 된다. 넘어서기는 여러 가지 의미가 있지만 특히, 극복이라는 단어를 포함한 의미가 있다. 이를 시각화 자료로 제작을 하면 아래와 같다.

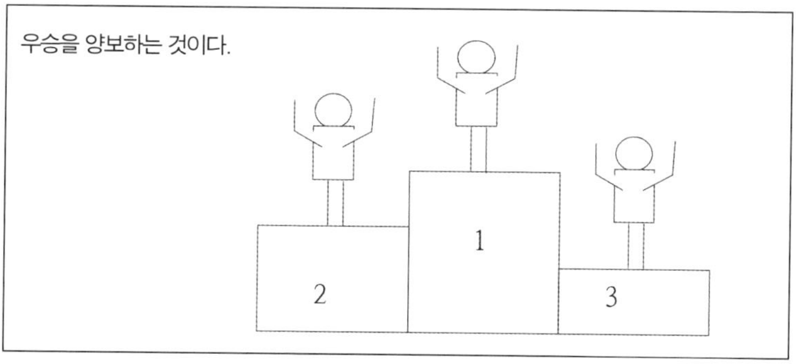

사랑은 경쟁, 기선제압, 주도권 등 이기려 하는 것이 아니다. 사랑하는 사람이 우승할 수 있도록 도움을 주는 것이 사랑이다. '사랑 = 넘어서기'는 모든 장애물을 함께 헤쳐 나가는 의미가 있다.

스토리를 찾아가는 과정을 숙달하게 되면 다양한 사진, 많은 형용사적 표현 등은 창의적 프레젠테이션의 좋은 재료가 될 수 있다.

다만 프레젠테이션을 하기 위해서 마른 헝겊에 물을 짜듯 해서는 안 된다. 이런 경험은 다시 하고 싶지 않은 경험이 될 수 있다.

Ⅱ

Presentation

사진으로 풀어가는 프레젠테이션

"자신이 나아가는 길에는
방향성이 있어야 한다."

사진의 일회성 적용

기본적으로 사진을 프레젠테이션에 사용하는 방법은 첫 번째, 템플릿을 적용하는 경우 두 번째, 사용방법에 따라 사진에 스토리를 부여하는 경우 그리고 마지막 영감(Inspire)을 주는 스토리에 적용을 한다.

사진 사용 시에는 전체 스토리의 의미가 있고, 함축된 내용을 담고 있는 사진을 선정해야 한다. 사진 한 장으로 풀어가는 창의적 프레젠테이션도 여러 방법이 있다.

첫 번째는 단순한 의미를 담는 것이다.

위치에 따라 의미가 달라질 수 있다.

(가)

(나)

(다)

(라)

위의 자료는 사진을 중앙에 배치하고 '타이틀을 좌 · 우, 상 · 하'에 적용을 했다. 궁극적으로는 사진의 중앙사용도 지양해야 될 부분이다. 모든 것은 여백의 미를 살려서 시각화 자료를 제시해야 한다. 타이틀의 위치에 따라 느낌이 다르고 주제와 스토리에 따라 사진의 위치를 달리 해야 한다.

(가)

길을 가기 위해서는
주변 환경에 적응하고 활용해야
한다.

(나) 차량에 핸들이 있는 이유다.
원하지 않는 길도 있다.

(다)

경험은 점의 연속성이며 삶이다.

(라) 힘든 길, 어려운 길, 편안한 길,
쉬운 길이 있다.

타이틀의 위치와 내용에 따라 텍스트 위치도 변화를 주어 메시지 전달을 달리 할 수 있을 뿐만 아니라 모형에 따라 메시지도 달라 질 수 있다.

길의 의미를 가진 도형을 제작하여
사진을 넣는 과정을 거쳐 의미를 부여할
수 있다.

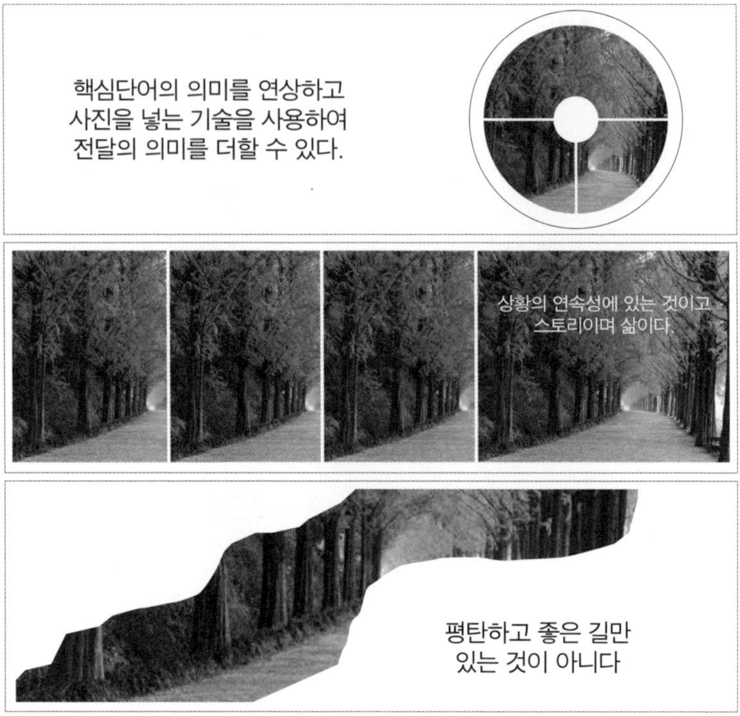

핵심 단어를 선정하고 연상되는 도형을 그려서 사진 넣기를 통해 의도된 메시지를 전달하면 된다. 한 장의 사진에는 다양한 의미를 내포하고 있다. 사진 해석은 프레젠테이션을 진행하는 사람의 가치와 의도가 담겨 있어야 한다.

사진으로 연결하는 스토리

사진이 담고 있는 의미를 전체 스토리로 만들어 프레젠테이션(Presentation)으로 전개하는 방법이 있다.

사진으로 풀어가는 프레젠테이션

타이틀 및 주제 선정

단어 분류

문장 구조

사진 수집

의미 부여 및 스토리 구성

프레젠테이션 구조화 적용

핵심 메시지 전달

는 사진을 수집하는 과정으로 주제와 연관된 사진을 수집하여 스토리를 연결해야 한다. 수집된 사진들의 의미부여는 청중이 예상하는 타이틀로 제작하면 사진에 대한 효과가 제한이 된다. 따라서 사진에 대한 의미는 충분한 설명을 통해 청중의 이해를 돕는 방법으로 해야 한다. 사진을 발표자의 의도와 목적 그리고 방향성을 제시하고 발표 시 충분한 설명을 통해 공감을 얻어야 한다.

사진을 이용한 프레젠테이션은 첫 번째는 사진에 대한 이해와 해설을 바탕으로 가장 적합한 사진을 수집해야 하고, 두 번째는 사진에 제목과 주제들이 연결되어 스토리로 완성되어야 한다. 마지막으로 전달하기 위해 연습을 해야 한다. 사진만을 설명하는 부분에 머물러서는 의미와 주제 전달이 약할 수 있다. 따라서 핵심 주제와 전달의 메시지가 분명해야 한다.

예시를 통해 사진으로 풀어보는 프레젠테이션을 알아보자.

1. 워라벨

(Work and life balance)

사진으로 풀어가는 프레젠테이션을 제작하면 다음과 같이 할 수 있다. 제시어는 '워라벨'이다. 워크(Work) 생활(Life) 균형(balance)를 뜻하는 것으로 '생활의 균형이 맞추는 것이 삶이다.'는 정의를 할 수 있다.

단어 분류와 문장구조는 앞서 수차례 언급되었기에 이 장에서는 생략을 한다. 사진을 수집하고 타이틀을 정하고 스토리를 연결하여 워라벨의 의미를 찾을 수 있는 방법을 제시하면 된다.

사진 수집은 워라벨과 관련이 없는 자연환경 사진을 선택하여 브릿지(Bridge)기술을 적용하여 스토리 있는 프레젠테이션으로 완성하면 된다.

워라벨을 주제로 구조화 프레젠테이션을 제작하면

1. 오프닝

워라벨의 핵심어는 삶에 대한 균형과 가치다. 내용적인 부분과 오프닝 타이틀이 청중으로부터 공감을 얻어야 하는 것이 중요하다. 오프닝은 전체 주제를 전달하는 것이 아니라 핵심주제를 품을 수 있는 스토리로 하면 된다.

2. 타이틀

곡선에 속도를 내는 것은 위험을 부르는 것이고, 목표를 향해 단

숨에 올라가는 것은 위험 부담이 크다. 따라서 '안전한 삶의 속도 조절'이 워라벨을 추구하는 최선의 방법이 될 수 있다.

3. 스팟(Spot)

삶의 중심을 꾸미는 것은 주변 환경이다, 인간관계. 가족으로 구성되는 사람의 영향과 경험과 도전 그리고 쉼으로 만들어진 힐링(Healing)이 워라벨의 구성요건이 될 수 있다.

4. 목차

사람과 일을 하나의 단어로 묶을 수 있다면 '삶'이다. 살아가면서

가장 중요한 요소를 잊어버리지 않고, 자신의 방향을 유지하며 살아갈 수 있는 길을 선명하게 해야 한다. 이를 위해 자기노력과 시스템(System)을 구축해야 한다.

5. 서론

그러나 현실은 안개 속에서 방향 찾기에 어려움을 겪는다. 흐릿함을 선명함으로 바꾸기 위한 노력과 삶의 방향과 균형 그리고 선명함을 유지하기 위해 열정을 다해야 한다.

6. 하이 – 포인트
(Hi – point)

'석가헌(夕佳軒)'이라는 말이 있다. 자신의 삶이 후회 없는 삶이었는지를 자신에 묻는다. 동헌에 앉아 아름다운 석양을 바라보면 후회보다 가치 있는 삶을 살았다는 것에 만족하며 향후 어떤 삶을 살아야 하는지 자신에게 묻는다.

7. 본론

물은 잔잔함이 없이 흘러간다. 돌에 부딪치고, 꺾어진 나무에 걸려 잠시 숨고르기도 하고, 큰 강으로 흘러가지 못하고 지하수가 되기도 한다. 원하지 않는 삶에서도 원망하지 않고, 원하는 삶을 살아가기 위한 방향으로 나아가야 하는 것이 삶이다.

8. 와우 – 포인트
(Wow – point)

‘너 자신을 위해 무엇을 해주니?’라는 말은 모 방송 드라마에서 나온 말이다. 워라벨을 하는 목표이자 목적이 되는 말이다. 나를 가꾸는 것이 나의 삶을 디자인하는 것이기 때문이다.

9. 결론

단풍이 아름답게 물드는 것은 낮과 밤의 온도 차이다. 일상적인 흐름과 활동으로 자신의 삶을 아름답게 물들일 수 없기에 변화가 필요한 것이다. 일을 효율적으로 해야 하는 것처럼 변화를 통해 삶의 색깔을 원하는 색깔로 물들일 수 있다. 방향성에 대한 변화와 노력으로 색깔을 변화시켜야 하는 것이다.

10. 아하 – 포인트
(A – ha – point)

자신을 꾸미는 것은 작은 경험과 체험이다. 그 속에서 자신의 역할과 능력을 확인할 수 있다. 수동적인 것보다 적극적이고 능동적으로 자신의 삶을 확장해 가는 것이다. 큰 나무에 작은 가지들이 많은 이유와 같다.

11. 해결안

위로를 받고 의지를 할 수 있는 유일한 것이 사람이다. 그렇기 때문에 워라벨의 중심이 '사람'이 되는 이유다. 삶의 균형을 맞출 수 있도록 자신의 시간을 타인을 위해 사용할 수 있도록 해야 한다. 이것이 '워라벨'이다.

12. 영감
(Inspire)

'산을 지키는 것은 좋은 나무가 아니라 볼품없는 나무가 산을 지킨다.'는 말이 있다. 어울림은 전체구도가 어우러져야 한다는 것이다. '자신을 지키는 것이 산을 지키는 것이다.'는 표현이 전체 삶을 대신할 수 있다.

결론적으로 워라벨(Work and life balance)의 전체 스토리를 정의해 보면 "워라벨은 삶에 대한 균형과 가치를 가지고, 속도조절과 주변 환경을 읽어 시스템을 구축하여 실행을 구체화시켜 자신이 원하는 삶을 살아가는 방법을 찾아 삶을 디자인해서 방향성과 변화의 노력으로 '역량'을 투자하여 가치 있는 삶에 어울리는 구도를 그려나가는 것이다."는 의미로 프레젠테이션을 할 수 있다.

2. 인간관계

사진으로 풀어가는 프레젠테이션 두 번째는 인간관계다. 삶과 비즈니스의 공통점에 있는 것이 인간관계다. 풀지 못할 문제도, 해결하지 못할 것이 없다. 작은 단위는 가족부터 큰 단위는 조직과 사회 그리고 국가까지 모든 것이 포함되어 있다.

몇 년 전 토크쇼를 개최한 적이 있었다. 초청인은 정치인이었고 참여하는 사람들은 청소년부터 성인까지 남녀노소 없이 자유질문과 답을 하는 토크쇼였다. 일반적 문답으로 지루한 토크쇼가 진행이 되던 중 학생이 질문을 했다.

"왜 정치를 하십니까?" 가장 기본적이 질문인데 진행되는 동안 아무도 질문을 하지 않았었다.

"내가 정치를 하는 이유는 첫 번째는 많은 사람을 만날 수 있고,

두 번째는 싫어하는 사람, 좋은 사람을 선택하지 않고 그들과의 만남을 통해 더 많이 배울 수 있고, 마지막으로 만남을 통해 위로를 받기에 정치를 한다."고 했다.

정치인의 답변이 질문에 답이 되었는지는 모르겠지만, 저자에게는 정치인의 답변이 큰 의미로 다가 왔었다. 시작과 끝이 인간관계라는 사실이었다. 좋은 인간관계를 유지하기 위해 최선을 다해야 하고, 무너지지 않는 인간관계를 만들어야 한다는 것이다.

인간관계 원칙을 세우고 실천하며 결과물도 만들어 보지만 무너지고 헤어지는 경우도 있다. 문제가 나에게 있었다고 생각을 하지만 핑곗거리를 찾고 헤어진 이유에 대해 변명을 하려고 했다. 후유증은 오래 간다. 다른 어떤 것보다 우선해야 되는 것이 인간관계이기에 프레젠테이션의 두 번째 주제로 정했다.

• 인간관계를 프레젠테이션으로 풀어보면 다음과 같다.

1. 오프닝

좋은 인간관계는 모든 것에 빛을 발한다. 좋은 사람들과 만남을

위해서는 자신이 좋은 사람이 되어 사람을 모을 수 있는 것처럼 자신이 빛나기 위해서는 타인을 더욱 빛나게 하는 방법을 생각하며 실행을 해야 한다.

2. 타이틀

일방적인 인간관계는 없다. 조화로움이 인간관계를 잘하는 것이다. "네가 실패하더라도 끝까지 응원하고 지원할거야."는 말로 변함없는 관계유지를 위한 메시지를 남기는 것이다.

3. 스팟(Spot)

관계의 힘은 우리 편, 남의 편을 만드는 것이 아니다. 함께 어려움을 이겨내는 힘을 만드는 것이다. 자부심과 자긍심을 키울 수 있는 소속감도 관계설정의 정도에 따라 완성이 된다.

4. 목차

이너서클(Inner circle)은 자신과 함께하는 사람의 다양한 모임이라고 할 수 있다. 부정적인 의미로도 사용될 수 있는 말이기도 하지만 자신의 의사결정과 방향성을 응원하고 유지하는 사람들이며 지지 세력이라고 할 수 있다.

5. 서론

사람을 대하는 방법에는 일관성이 있어야 한다. 도원결의(桃園結義)가 아니다. 자연스럽게 관계형성을 해야 한다. 자연스러움이 무너지면 관계에서 오는 스트레스를 받는다. 따라서 관계형성을 유지하기 위해서는 개인의 이익보다 희생, 배타심보다 이타심이 우선할 때 서로를 지키는 관계의 힘이 유지된다.

6. 하이 – 포인트

밭을 개간하는 것은 지형에 가장 적합한 방법을 선택하고 땅 갈이를 한다. 그리고 토양과 기후조건에 적합한 묘목을 재배하면 되는 것처럼 첫째, 자신이 좋은 사람이 되는 것, 둘째, 좋은 사람이 모여 있는 곳에 가면 된다. 그러면 성장할 수 있다.

7. 본론

물은 자연의 큰 흐름을 거스르지 않고 흘러간다. 인간관계의 흐름도 유연성을 바탕으로 충돌 없이 흘러가야 하고, 수용성을 통해

소외받는 감정을 품지 않게 해야 한다. 그러면 인간관계에서 오는 문제점을 줄일 수 있다.

8. 와우 - 포인트
(Wow - point)

인간관계는 큰 그림을 그리는 스케치이며, 퍼즐의 조각모음과 같다. 처음은 그림이 보이지 않지만 시간이 지나면 그림의 윤곽과 의미를 찾을 수 있다. 멀리 보고 가면 좋은 것만 보이고, 가까이 보면 흉만 보이는 것이 인간관계다.

9. 결론

사람으로 성공하고 사람으로 실패한다. 기계가 좋아도 운영하는

사람에 따라 상품이 달라진다. 사람은 관심과 사랑으로 성장하고, 무관심으로 정체된다, 꽃은 관심으로 피어나고 무관심에 버려진다. 인간관계는 관심이 성장을 이끄는 큰 계기가 된다.

10. 아하 - 포인트
(A - ha - point)

파도가 밀려오더라도 자리를 지킨다. 바다가 있기에 섬의 존재감도 있다. 인간관계의 핵심도 자신이 있기에 주변 사람이 있고, 주인공이 있기에 조연도 있다는 것이다. 자신의 삶에는 조연이 되어서는 안 된다. 따라서 인간관계도 주도하며 지켜야 하는 것이다.

11. 해결안

"네가 죽을 때 진정으로 울어줄 친구 한 사람만 있다면 행복한 삶

을 살았다고 자부해도 좋을 것이다."는 말은 클라이슬러 자동차 회장이었던 리 아이아코카의 어머니가 숨을 거두기 전에 했던 말로 친구의 소중함을 말하고 있다. 진정한 친구가 얼마나 있을까를 고민하고, 인간관계의 중요성을 인식하는 기회가 되어야 한다.

12. 영감
(Inspire)

인간관계를 벗어나서 할 수 있는 것은 없다. 홀로서기 아니라 함께 성장하고, 궁극적으로 삶을 구성하는 것이 사람이기에 아름답게 가꿔야 한다.

결론적으로 인간관계를 정의해 보면.

"인간관계는 자신뿐만 아니라 타인을 빛나게 만들어 조화를 이루게 하는 것을 기본으로 하여 우리 편을 만드는 것이 아니라 다양한 형태의 모임을 유지하고, 충돌과 다툼 없이 함께 갈 수 있는 문화를 만들어 개인의 이익보다 희생과 배려가 우선하는 실행을 통해 좋은 성과를 만들어 유연함과 수용성으로 큰 방향의 흐름을 깨지 않고 사람들이 찾을 수 있는 기회의 장을 제공하여 자존감과 존재감을 가질 수 있도록 함께 살아가는 사회성을 만드는 것이 인간관계다."
는 말로 프레젠테이션을 설명할 수 있다.

3. 소통
(Communication)

사진으로 풀어가는 프레젠테이션을 제작하는 기술적인 부분은 단어분류와 문항구성으로 느낌과 공감의 단어로 표현하면 된다.

위의 사진을 통해 느끼고 공감할 수 있는 단어들을 찾아보면 친

구, 대화, 방향, 함께, 길, 정돈, 여름, 기대, 편안함 등으로 정의할 수 있다. 여기서는 '메타 길'로 표현할 수 있다.

기술적으로 단어분류와 문장구성으로 스토리를 만들면 된다. 예를 들어 친구, 대화, 방향을 선택하고 "A=B and A=C"로 문장을 구성하면 "대화 속에서 친구를 알아가고, 대화 속에서 방향을 찾는다."는 내용으로 만들 수 있다. 다음은 핵심단어를 파악하면 된다. 핵심단어는 '소통'이다.

사진 속에서 느낄 수 있는 감정적인 단어들을 가감 없이 나열하면 전달할 수 있는 내용의 폭을 넓힐 수 있다. 핵심단어 '소통'을 주제로 하여 프레젠테이션으로 제작하면 아래와 같다.

1. 오프닝

소통을 '경청(傾聽)'이라고 말하는 이들이 있다. 경청을 한자로 분류해 보면 알 수 있다. 경(傾)을 분석하면 화(化)는 '따르다'의 의미가 있고 혈(頁)로 '머리'라는 뜻이 있다. 그래서 경(傾)은 머리가 따른다는 의미이며, 청(聽) 임금의 말을 듣는 것처럼 존경하는 마음으로 따라야 한다는 의미다.

2. 타이틀

소통(疏通)은 상호 통한다는 뜻으로 둘 이상의 사람이 자신의 의사를 교환하는 것이다. 경청을 적극적으로 표현하는 태도가 호응이다. 호응은 상대의 말에 집중 하며 상대가 말을 더욱 잘할 수 있도록 도와주는 것이며 대화의 기술이다.

3. 스팟(Spot)

자신이 듣고자 하는 말을 듣기위해 상대가 듣고자 하는 말을 해야 한다. 소통은 내가 하고자 하는 말을 간접적으로 하며 상대가 듣고자 하는 말을 직접적으로 하는 것이다. 그리고 자신의 말을 증명하는 것이다. 그러면 대화에 조화를 이룰 수 있다.

4. 목차

말에는 색깔이 있다. 어떤 말을 사용하는가에 따라 어떤 옷을 입고 있는지 알 수 있다. 그들과 공감하고 동기부여의 말을 함으로써 존경을 받고, 선명하고 색깔이 있는 메시지를 기억시킬 수 있다.

5. 서론

그래서 소통은 무르익을 동안 관리가 필요하다. 처음부터 해결을 위한 소통을 하지 않는다. 식물을 재배하듯 하루아침에 생산적일 수 없는 것이 소통이다. 따라서 관리를 해야 하고 충분한 시간을 두고 만들어 가는 것이다.

6. 하이 – 포인트
(Hi – point)

내뱉은 말을 주워 담지 못하지만 덮지도 못한다. 반면에 얼어버린 마음을 눈 녹듯 녹여버릴 수 있는 것이 소통의 힘이다. '말 한마디로 천 냥 빚을 갚는다.'는 말처럼 사람을 녹일 수 있는 힘이 있기 때문이다.

7. 본론

책임 없는 말들은 무한하지만 책임지는 말은 유한하다. 또한 말로 표현하는 것은 자유지만 말에는 뿌리가 있어야 한다. 그래서 밑그림과 방향성을 유지할 수 있다. 말이 가지고 있는 선명함과 책임감에 말의 무게를 느껴야 한다.

8. 와우 – 포인트
(Wow – point)

작품명 – 숲속의 아침

감언이설(甘言利說)은 듣기 좋고, 몸에 좋은 말은 듣기 불편하고, 인정하기가 어렵다. 그래서 소통은 일방적인 것이 아닌 때에 따라서 상대의 감정까지 읽는 노력이 필요하다. 그러면 오래 가는 관계를 유지 할 수 있다.

9. 결론

작품명 – 정원의 아침 2

말을 잘하는 사람은 많지만 소통을 잘하는 사람은 많지 않다. 소통은 기술이 필요하고 상대를 읽는 기술도 필요하다. 중요한 것은 말을 다듬고 가꾸어야 메시지 전달력은 좋아진다. 그러면 자신이 어떤 옷을 입고 있는지 평가를 받을 수 있다.

10. 아하 – 포인트
(A – ha – point)

말에는 실수와 사죄가 있다면 용서라는 단계도 있다. 소통의 잘못으로 인해 일어날 수 있는 불상사에 대비하여 다시 돌아 갈 수 있는 출발점이 있어야 한다. 잘못을 인정하고 빠른 복귀를 해야 한다. 그러면 회복할 시간을 줄이고 다시 출발할 수 있는 기회와 시간을 확보할 수 있다.

11. 해결안

바위에 어렵게 피는 꽃은 주변의 시선을 모으고 바위를 지키는 힘이 있다. 작은 싹이 산을 지키고, 바위를 가치 있게 만드는 것처럼 말에는 위로가 있고 다른 사람을 위하는 마음이 있다. 그래서 생명을 살린다.

12. 영감
(Inspire)

가정경제를 지키는 것이 장독대이기에 화분과 꽃들로 꾸민다. 소중하고 중요하기에 지키고 유지해야 한다. 소통도 자신과 주변을 아름답게 꾸미는 기재가 되는 것이다. 말에는 힘과 색깔이 있고, 주변을 가꾸는 디자인 재료가 된다. 소통은 오랜 시간을 거쳐야 환경을 바꿀 수 있다.

결론적으로 주제인 '소통'을 전체 스토리를 정리해 보면 경청과 호응으로 적극적인 소통을 해야 한다. 소통은 자신이 하고자 하는 말을 하는 것이 아니라 상대가 듣고자 하는 말을 통해 조화로운 말을 해야 한다. 말은 자신이 입고 있는 옷을 더욱 빛나게 한다. 따라서 말의 힘과 색깔 그리고 디자인을 통해 꾸미고 가꿔서 소통의 의미와 가치를 높여야 한다.

4. 목표

(Goal)

사진으로 풀어가는 프레젠테이션의 마지막을 목표(Goal)로 정했다. 지금까지 학습했던 모든 내용을 포함하여 제작한다. 전달을 위한 기술적인 부분과 시각화 자료의 제작을 위한 기술적인 부분을 포함하여 단어분류, 문장구조 등을 적용하고 시각화 자료까지 제작하는 방법을 알아보면, 프레젠테이션을 전개하기 위해 앞의 사진을 선정하고 느낌과 공감의 내용으로 단어 분류를 할 수 있다. 단어 분류는 '거미줄 기술법'과 '단어분류방법 – 시각화, 사전적, 연관된 의미를 파악하는 방법', '단어 맵(Map)'을 통해 단어를 분류할 수 있다. 여기에서는 관련단어를 나열하는 방법을 적용했다.

앞의 사진에서 찾을 수 있는 관련 단어는 개구리, 유리창, 정상, 간절함, 기다림, 목숨, 방향, 계절, 도약 등으로 나열할 수 있다. 이를 바탕으로 타이틀 제작을 위한 A=B=C 구조로 문장구성을 하면 '도약을 하는 것은 목숨을 건 간절함이다.'는 문장으로 해석이 가능해 진다. 핵심단어는 '필요성'이다.

1. 오프닝

시각화 자료의 해석은 '도약은 생존을 위한 도전이다'는 의미에 머물러 있으면 안 되며 조금씩 성장을 위한 노력을 하지 않으면 생존에 영향을 줄 수 있기에 도약은 선택이 아니라 필수임을 말하는 것이다.

전달방법으로 시연(Demonstration)과 참여 식으로 진행하면 공감을 높일 수 있다. 지금까지 책이나 성공한 사람들의 경험을 빌려 보면 성공할 수 있다는 비법이 수없이 많다. 하지만 성공하는 사람은 극소수이다. 이유는 학습한 대로 실행하지 않는 것이기 때문이다.

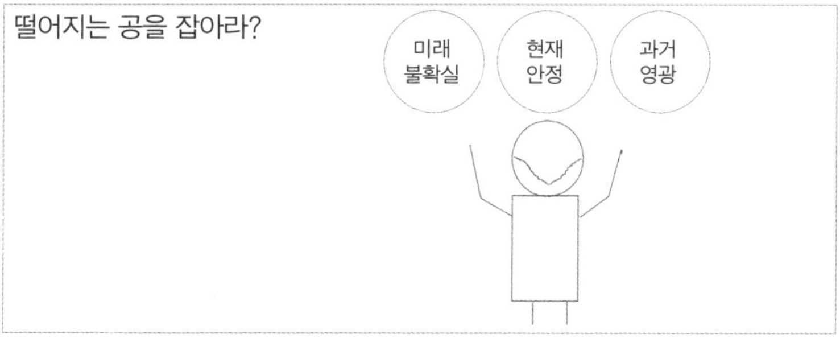

삶의 패턴과 태도의 변화가 없기 때문이다. 하지만 미래를 예측하고 준비해야 하는 이유는 누구나 알고 있다. 따라서 지속적인 자극과 정보제공을 해야 조금씩 태도의 변화가 일어난다. 앞의 시각화 자료로 제공할 수 있는 핵심단어는 선택이다. 한 개의 공을 버린다면 무엇을 버리고, 한 개의 공을 선택한다면 어떤 공을 선택할 것인가?에 대한 물음이다. 선택은 사람에 따라 다르겠지만 과거의 영화는 선택하지는 않을 것이다. 다시 돌아오지 않는 시간이기 때문이다. 하지만 현재와 미래를 놓고 고민은 할 것이다. 선택은 독자의 몫이다. 현명한 선택을 위해서는 많은 경험과 학습을 기초로 해야 한다.

2. 타이틀

목표설정이 필요하고, 노력을 해야 하는 것은 너무나 당연한 이야기이다. 내일은 무엇을 할 것이고, 내일을 위해 무엇을 준비해야 하고, 내일이 지나면 다음날은 어떤 일이 일어날지 예측도 해본다. 따라서 현재를 기반으로 하여 내일을 생각하는 것이다. 하지만 현재의 위치가 암흑 속으로 들어가는 동굴인지, 아니면 터널의 깊은 곳에서 출구로 가는 길인지를 판단하는 것은 독자의 몫이다. 최우선으로 현재의 위치를 돌파할 수 있는 자신의 능력이 있는지 평가하고 스스로 능력을 배양해야 한다.

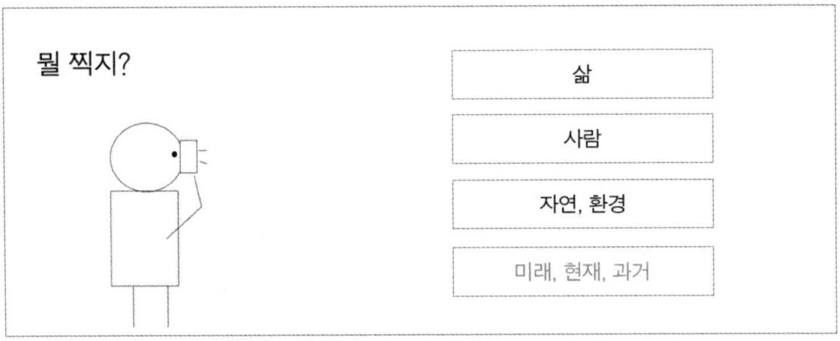

사진을 찍는다는 것은 자신이 보고 싶은 것, 아름다운 배경, 자신과 동행자의 모습을 찍는다. 최근에는 SNS에 올리기 위한 음식사진도 올리는 경우도 있다. 현재를 담는다. 선명한 사진을 위해 기술적인 부분까지 동원하여 최상의 사진을 만들어내는 노력을 한다.

중요한 것은 자신의 내일을 선명하게 찍어야 한다. 자신의 미래 사진을 찍어 목표로 선정하여 구체적인 실행을 통해 성과를 창출해야 한다.

3. 스팟(Spot)

목표는 하나만 있는 것이 아니다. 하고 싶고, 되고 싶고, 이루고 싶은 것이 많다. 다만 경험과 체험 그리고 학습을 통해 목표를 줄여나가는 것이며 단기목표, 중기목표, 장기목표, 평생목표를 설정한다. 이런 이유로 평생을 목표달성을 위해 노력을 하는 것이다.

학교과정을 진행할 때 '약방의 감초'로 등장하는 말이 "목표가 있니?"라는 질문이다. '사'자 돌림의 직업적 목표를 말하는 학생들이 많다. 직업적 목표달성 이후의 목표가 있는가에 질문에 대해서는 답을 하지 못하는 경우가 많다. 그래서 직업적 목표가 아니라 자신을 가꿀 수 있는 다양한 장르의 목표를 설정할 수 있도록 권장한다.

징검다리 놀이

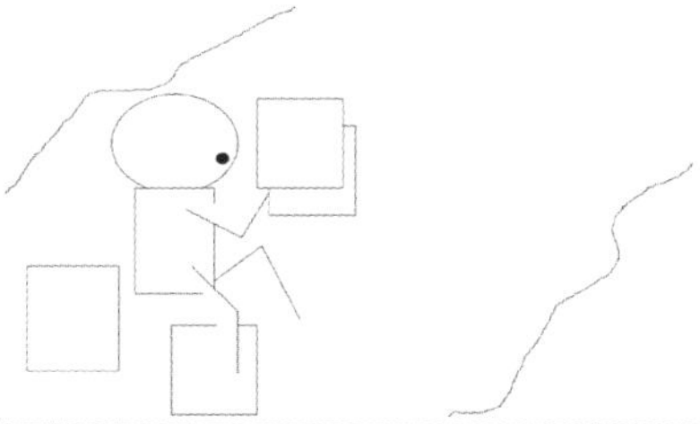

위의 시각화 자료는 징검다리 게임(Game)이다. 가상의 물을 건너

는 미션으로 시간으로 승부를 내는 것이며 조건에 부합하지 못하면 '탈락'한다. 빨리 가기 위해 조건을 지키지 않는 경우가 많다.

"성공한 친구가 몇 명이 안 되는 이유가 뭘까?"

"1등 하기 위해서요."

"그렇지 1등 하기 위해, 경쟁자를 따돌리기 위해?"

"맞아요."

"그렇다면 질문을 다시 할게, 경쟁이 없는 목표를 설정하면 어떨까?"

"그런 목표가 어디에 있어요?"

"지금까지 우리가 정한 목표가 경쟁해야만 이룰 수 있는 목표였습니다. 그런데 우리가 1등이 되는 목표가 아닌 최고가 되는 목표를 가져보는 것이 어떨까?"라는 말로 목표에 대한 생각을 전환했다.

"건너지도 못하고 중간에 탈락했을 때 마음은 어떠했는지?"

"별 마음이 없어요. 게임인데."

"그렇지, 게임이지. 아마 우리 삶도 게임일거야?"

"왜요?"

"모든 게임에 조건이 있고, 경쟁자가 있고, 성공을 확신하지 못하지"라는 말로 자극을 주었다.

"우리가 이 게임을 통해 알아야 하는 것은 첫 번째 건너가야 한다는 것이고, 두 번째는 1등 하는 방법이 아닌 자신의 방법으로 해야 하는 것이고, 마지막으로 실망하지 않아야 한다는 것이에요. 1등이 아니더라도 건너면 성취감을 느낄 수 있고, 흉내가 아닌 창의적으로 문제를 풀어갈 때 문제해결 능력을 키울 수 있고, 마지막으로 실망하지 않는 것은 다른 시도를 할 수 있는 의지를 키울 수 있기 때문입니다."는 말로 학생들에게 게임 하나에서 배울 수 있는 것이 많기에 매일 루틴(Routine)처럼 하는 행동에서 배울 수 있는 것이 더 많음을 알려주고 노력의 필요성을 강조했다.

4. 목차

목차에 아젠다(Agenda)를 제외하고 스토리 전개를 했다. 일반적으로 배경과 문제, 해결방안, 결론으로 목차에 아젠다(Agenda)를 쓴다. 발표 프레임에 따라 순서를 정하면 된다. 목차 사진에는 스토리의 연결성을 위해 순서를 두지 않았다.

높은 산을 등정하기 위해서는 몇 개월에 걸쳐 체력단련과 고강도 훈련을 한다. 정상에 도달하기 위한 선명한 목표가 있기 때문이다. 마찬가지로 국내 국립공원에 등산하려는 사람도 사전 준비훈련을 한다. 체력이 되지 않으면 우리나라 산도 결코 쉽게 정상까지 올라가지 못할 뿐만 아니라 설령 올라가더라도 하산 후 후유증을 심하게 겪는다. 따라서 목표를 달성하기 위해서는 시간, 땀, 체력, 전략을 기초로 하지만 동행하는 사람의 중요성을 알아야 한다. 함께 하는 사람이 있어야 덜 힘들고 서로 의지가 될 수 있다.

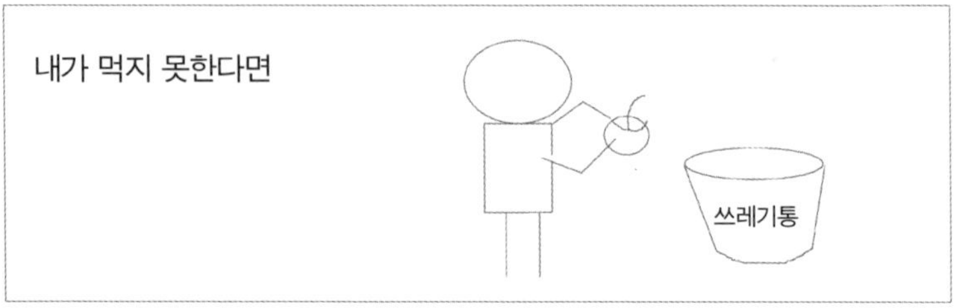

자신이 가장 좋아 하는 음식이 손에 있다. 그렇지만 자신은 먹지 못한다. 어떻게 하겠는가? 버릴 것인가? 아니면 자신이 싫어하는 친구에게 줄 것인가? 선택을 강요한다면 어떤 행동을 할 것인가? 내가 먹지 못하니 남도 못 먹게 한다는 생각을 가질 수 있다. 하지만 목표를 달성하는 데 가장 큰 부분은 사람이다. '손자병법'에서 싸워서 이기는 승리보다 싸우지 않고 이기는 승리가 좋고, 적을 아군으로 만드는 승리를 큰 승리라고 했던 것처럼 사람을 얻기 위한 목표를 설정하고 시간, 노력을 기울여야 한다는 것이다.

우리의 목표는 항상 흔들린다. 그리고 흩날린다. 그러면서 목표를 향해 나아간다. 배와 비행기도 바람과 해류의 영향으로 수시로 방향을 재설정한다. 우리의 목표도 체험과 경험의 영향을 받기에 재설정을 하며 나아간다. 목표의 재설정이 중요한 이유이다.

믿을 것인가?

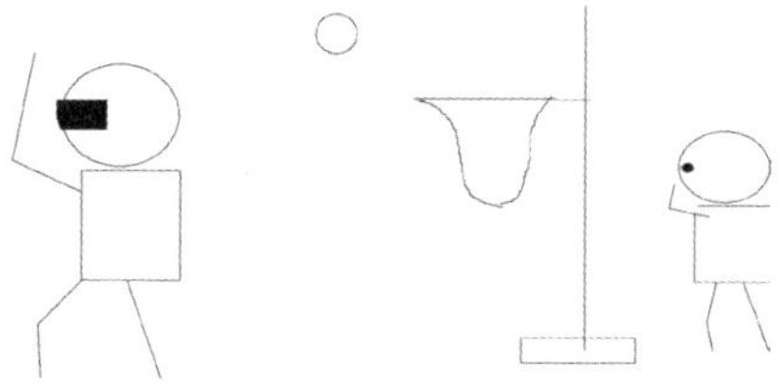

'될 수 있어'라는 긍정적으로 응원해 주는 사람, '이런 이유로 해서 안 된다'며 부정적으로 응원해 주는 사람이 있다. 긍정적으로 말을 해주는 친구도 필요하고 쓴 소리를 하는 친구도 필요하다. 결국 선택은 본인이 하는 것이다. 선택을 강요하는 것은 아니지만 성공가능성을 몇 %에 두는가에 따라 판단하면 된다. 100% 성공가능성이 있는 도전은 해서는 안 된다. 멀지 않은 미래에 경쟁자가 따라올 것이기에 위험부담이 있고, 30~70%의 성공가능성을 염두에 둔 목표라면 시도를 해야 하며, 그리고 10% 성공가능성이 있다면 많은 정보를 얻고 현재 역량을 파악하여 신중한 도전을 해야 한다. 결국 판단은 스스로 해야 한다. 흔들리고 흩날리지 않는 목표는 없다. 다만 뿌리를 내릴 수 있는 생존력이 있으면 된다.

6. 하이 – 포인트
(Hi – point)

구름이 없는 푸른 하늘도 좋지만 구름이 있는 푸른 하늘이 더 운치가 있다. 구름이 그려가는 것은 무한하다. 프레임도 없고 완벽도 없다. 자신이 그려가는 그림에 색깔 그리고 프레임으로 제한을 둘 필요가 없다.

실패의 스토리가 공감을 얻을 수 있다. 실패를 고의로 만들지는 않는다. 다만 실패를 겪게 되었을 때 해결하는 방법을 찾는 노력과 성과에 대한 스토리가 가치가 있다. 바람에 흔들리지만 부러지지 않고 뿌리를 깊게 내리는 기회가 되는 것이다.

찢어진 종이는 어디로 가야 하나?

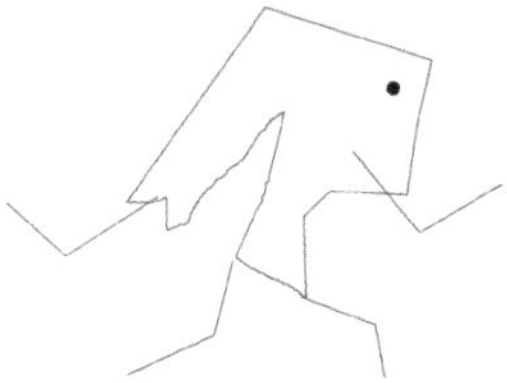

찢어진 종이의 활용은 '환호'의 상징으로 만들 수 있다. 꽃가루처럼 만들어 앞길에 뿌려줄 수 있다. 다시 말하면 목표의 재설정처럼 재활용할 수 있다는 것이다. 자신의 경험과 체험이 한 방향으로 흐르지 않고 다른 방향에 더 큰 영향을 줄 수 있다. 따라서 경험은 필요 없는 것은 없다. 멈추어서는 안 된다. 머물지 않고 행동한다면 목표에 다가갈 수 있다.

우리가 목표를 향해 달려가고 실행했던 경험의 성과물이 '떨어진 단풍낙엽'이라고 할 수 있다. 단풍낙엽은 온도차를 극복하고 색깔이 짙어지는 것처럼 실행했던 결과물이 나아가는 길에 뿌려지고 좋은 추억을 남기는 것과 같다. 단풍낙엽을 말려서 책갈피에 꽂아 두며 지난 과거를 회상하는 경험도 있다. 목표를 이루기 위한 수없는 경험으로 단풍낙엽 길을 만들어가는 것이다

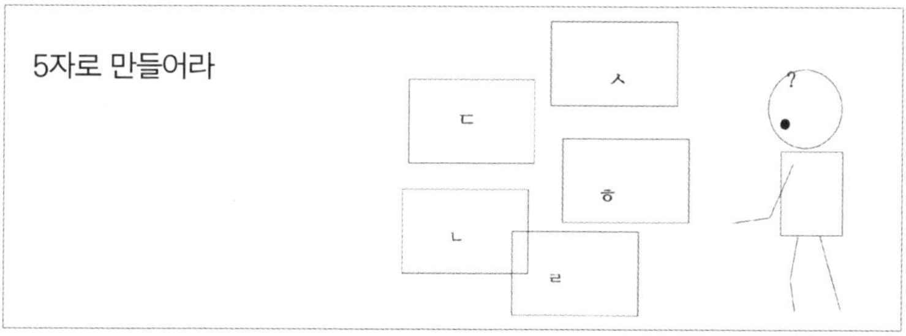

스타트 라인에는 누구나 서서 경쟁을 할 수 있다. 실력을 겨루며 승자는 웃을 것이고, 패자는 절치부심(切齒腐心) 다른 경쟁을 시도한다. 생각해야 될 부분은 자신이 경쟁하는 부분이 어떤 내용인지 알아야 한다. 다시 말하면 자신이 경쟁우위에 설 수 있는 경쟁을 해야 함에도 불구하고 경쟁의 내용을 모르고 스타트 라인에 서는 것은 무모한 일을 해서는 안 되는 것이다.

초성은 자신의 경험이고 완성은 경쟁에서 승리하는 것이다. 초성을 통해 완전체를 만들어 갈 수 있는 기회가 있다. 결론적으로 초성이라는 것은 완성체를 만들어 가는 경험과 체험이다. 다양한 경험은 다양한 초성을 제공해서 완전체를 만들 수 있도록 기회를 제공해야 한다.

8. 와우 – 포인트
(Wow – point)

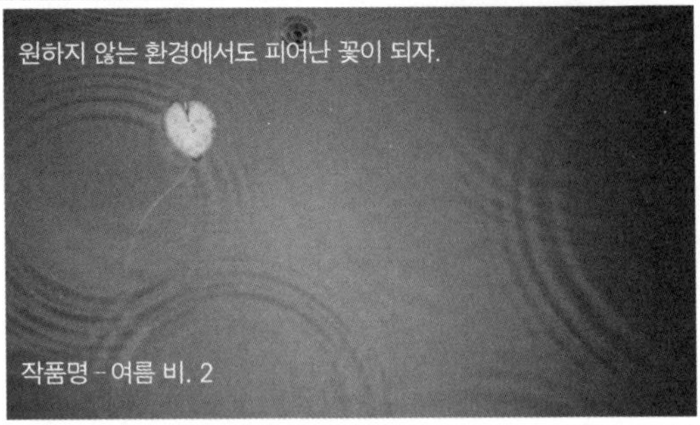

위의 사진은 비가 오는 날 연못에 핀 연꽃잎을 보여주고 있다. 참고로 연꽃은 깨끗한 물에서 피는 꽃이 아니다. 큰 잎과 연꽃이 더러움을 덮는다. 다시 말하면 목표 달성은 그동안의 시간, 노력, 땀 그리고 아픔, 좌절, 시련을 덮을 수 있는 힘이 있다. 환경이 연꽃을 더 아름답게 만드는 조건이 되는 것이다.

한 번에 무너지는 우를 범하지 말라.

도미노는 하나가 무너지면 모든 것이 무너진다. 이를 방지하기 위해 스토리별 단락을 분리해서 도미노를 세운다. 그러면 모든 것이 한순간에 무너지는 허망함을 제거할 수 있다. 도미노 작업을 할 때에도 밑그림과 스토리가 있다. 처음부터 완전체를 생각하며 세우지만 단락을 구분하지 않고 도미노를 세우지 않는다. 스스로 관리하고 위험부담을 최소화시키면서 도미노를 세운다. 그러면 도미노의 최종그림을 공유하고 공감하는 시간을 가질 수 있다. 결론적으로 목표달성은 어려운 환경 속에서 피어나는 연꽃이고 단락을 분리해서 완전체를 만들어가는 도미노 쌓기와 같다.

9. 결론

일출에는 '희망'이 있기에 기대할 수 있고, 일몰에는 '쉼'이 있기

에 즐기고 추억을 나눌 수 있는 스토리가 있다. 아침에 계획을 세우고 저녁에 성찰하는 시간 속에서 내일을 기대할 수 있다. 밤이 깊다는 것은 새벽이 오고 있다는 말에 기대감을 갖는 것이다. 목표가 있는 사람과 없는 사람이 삶을 살아가는 태도에도 온도 차이가 있다. 적극적이고 긍정적인 삶을 원한다면 목표를 설정하라. 그러면 매일 매일 기대감을 가지고 살아 갈 수 있다.

앞의 그림은 개와 하루살이의 대화다. 하루살이는 내일이 없기 때문에 오늘 최선을 다해 산다. "내일 죽을 듯이 오늘을 살라."는 말이고 이는 매일매일 최선을 다해야 한다는 의미다. 가치를 구현하기 위한 방법을 알고 실천해서 후회 없이 살아야 하는 의미를 부여하고 있다.

궁극적으로 함께 살아가는 세상을 그린다. 목표는 개인이 아닌 우리 그리고 모두를 위해 도움이 될 때 도전하려는 힘이 생긴다. 개인이 부귀영화를 누리기 위한 목표도 있지만, 자신을 통해 다른 이들이 행복할 수 있다면 더 큰 행복을 가질 수 있다. 그래서 공유해야 하는 것이 목표다.

생일 케이크 나누기다.

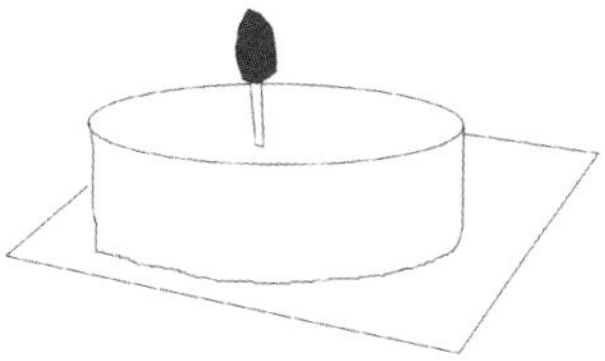

생일은 누구나 축하를 해준다. 그리고 축하의 메시지도 남긴다. 건강하고 건승을 기원한다. 다른 이에게는 동기를 부여하는 것이고 자신도 생일날 축하를 받을 수 있다는 기대감을 가질 수 있다. 비난과 비판은 없다. 마찬가지로 목표달성은 생일잔치와 같다. 목표달성은 나누고 공유하고 축하 받는 시간을 함께하는 것이다.

결론적으로 목표(Goal)에 대해 전체 스토리를 정리하면, 목표는 도약을 위한 필요성 인식을 통해 자신의 위치와 능력과 역량을 확인해야 한다. 정확한 방향 설정으로 달성가능성을 높일 수 있는 다양한 전략을 수립하여 흔들림 없이 나아가야 하며 실패를 하더라도 좌절하지 않고 적극적이고, 긍정적인 태도를 유지하여 어려운 환경에서 성취할 수 있도록 도와주는 것이 목표이자 목표 달성이다.

III

Presentation

창의적 프레젠테이션 정복

"성공할 때까지 노력하고 방향을 설정해야 한다."

1. 실무적용 및 단계 이해

미션 / 과제 접수

주제 선정

주제 구도 완성

구조화 (조각모음)

Story 구성 및 디자인

해결안

동기부여 (Inspire)

연습 (발표)

프레젠테이션 1편은 조각을 맞추는 퍼즐게임이었다. 실무는 퍼즐을 제작하는 것이다. 1편(구조화 프레젠테이션 하라)의 3장 구조화 기술을 적용하여 프레젠테이션을 제작하는 과정을 실무에서 기술할 것이며, 리더십 및 공공정책 아이디어 등을 제작하는 방법을 기술할 것이다.

단계별 제작과정을 통해 독자들의 이해를 돕고, 프레젠테이션의 효율(시간 및 방법 그리고 메시지)을 높이는 방법을 제공할 것이다.

특히, 관심을 가져야 할 부분은 아이디어 발굴이다. 프레임을 벗어나 좋은 주제를 선정할 수 있다. 아이디어는 버릴 것이 없다는 생각으로 정리해야 한다.

아이디어 회의는 개인보다 팀이 할 때 프레임을 벗어날 수 있는 가능성이 높다. 회의진행시 고려사항은 서로간의 아이디어를 인정해야 한다. 그러면 창의주제의 폭을 넓힐 수 있는 아이디어를 획득할 수 있을 것이다.

단계별 과정을 훈련하면서 직무에 적합한 프레젠테이션 제작과 발표를 통해 인정받을 수 있는 기회가 될 수 있다.

1단계.

주제 선정 :
- 아이디어 회의
- 단어분류법(사전적, 시각적, 연관된 의미)
- 거미줄 기술법
- 단어 맵(Map)

2단계.

구조화 작업 : 단어 연결하기
- 타이틀 제작
- 목차구성

3단계.

문장구성 및 스토리 작업
- 인용, 비유,
- 문장구조

4단계.

디자인 적용
- 템플릿 작업
- 디자인 구성 및 제작

5단계.

해결안 및 영감(Inspire)
- 동기부여
- 메시지

실무 절차

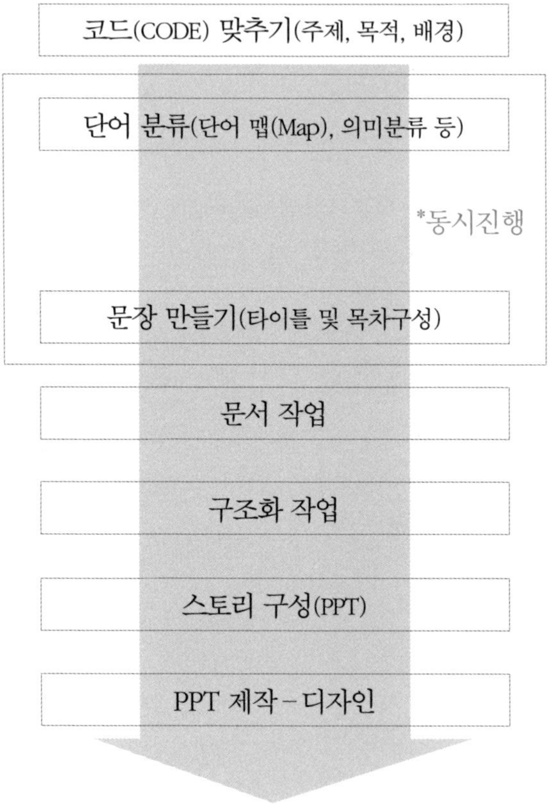

프레젠테이션은 주제선정부터 디자인까지 단계를 준수해서 스토리로 무장시켜야 한다. 창의적 사고와 차별화된 내용으로 청중과 호흡해서 주제전달에 최선을 다해야 한다.

실무 코드(CODE)를 맞춰라

"쏟아내는 아이디어를 담아내는 것이 아니라 코드를 맞추는 것이다."

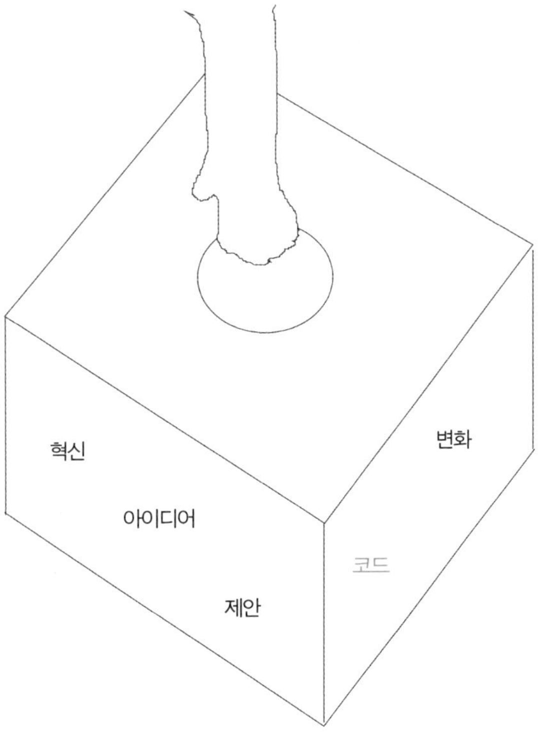

2. 코드(CODE) 리더십 프레젠테이션

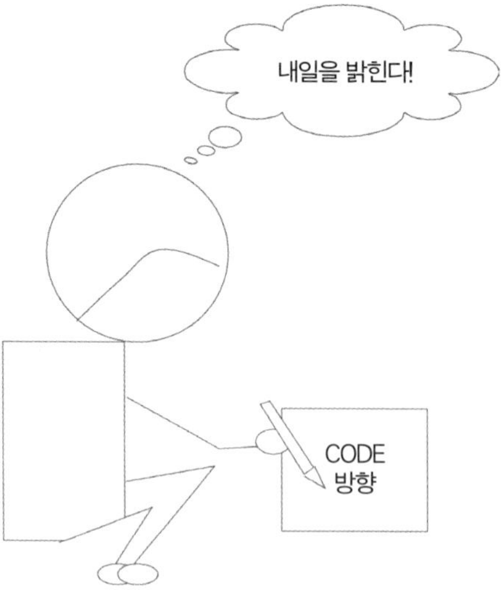

코드 리더십 프레젠테이션

리더의 방향성과 비전이 명확하면 함께할 수 있는 명분이 만들어진다. 또한 리더의 매력과 공동의 목표가 설정되면 시너지를 발휘할 수 있다. 이에 대해 시스템을 구축하고 실행계획을 수립하는 과정을 거치면서 도전하고 동기부여를 지속적으로 하며 성과를 지향하는 태도를 유지하는 것이다. 이것이 코드 리더십이다.

코드(CODE－Communication, Organization, Development, Environment) 리더십은 소통으로 조직의 발전과 환경에 좋은 영향을 줄 수 있는 내용으로 주제를 선정해서 프레젠테이션을 제작해야 하며 특히, 실행가능성과 달성가능성이 있는 프레젠테이션을 해야 한다.

코드(CODE)는 개인보다 팀, 나, 너보다 우리라는 개념에서 접근해야 한다. '개인의 성과는 팀의 성과에 비할 바가 안 된다.'는 말이 있듯이 개인이 가질 수 있는 폐쇄성, 단일성, 획일성을 팀의 강점인 개방성, 다양성, 유연성을 바탕으로 하는 것이 유리하다. 물론, 팀에서도 아이디어 발굴 원칙을 준수하지 않으면 안 된다.

첫 번째는 상호간 의사존중과 비난, 비판을 지양해야 한다. 의사소통과 회의진행을 위한 대원칙이다. 두 번째는 회의 진행 과정(Process) 준수다. 제안의 목적과 조건을 최우선적으로 이해하고 자발적 참가인원 및 소요시간을 공지하여 회의에 필요하지 않은 요소를 사전에 제거를 해야 한다. 특히 참가자들이 무임승차하는 경우가 없도록 리더는 리드해야 한다.

코드(CODE)에 입각한 제작은 '문서작성과 프레젠테이션' 2종류로 제작이 된다. 문서 작성 후 어떻게 발표를 할 것인지를 프레젠테이션으로 제작해서 목적과 의도 그리고 방향성을 시각화시켜 주어야 한다. 반드시 목적과 범위 내에서 제작이 되어야 한다.

순서 1. 제안서 내용을 이해하고 연관된 의미를 파악해야 한다.

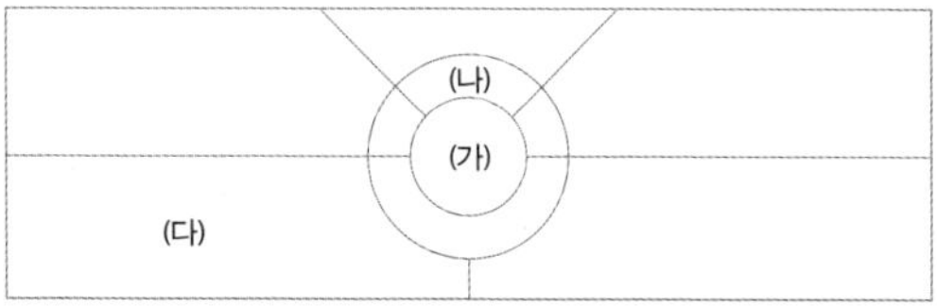

(가)는 제안내용의 목적과 의미를 내포하는 함축적 단어를 기술하면 된다. 예를 들면 '팀의 성과를 창출하기 위한 필요한 리더십을 제안하라'라는 의미의 과제가 있다면 (가)에 포함할 내용으로 가장 근접한 단어는 '리더십'이 된다.

(나)는 리더십과 관련이 있는 단어로 기록하는 것도 좋지만, 연관 없는 단어들로 기록하는 것도 좋다. 왜냐하면 주제의 한계와 프레임을 벗어나기 위해서이다. 단어들로는 주변에 있는 기재를 적용하는 것도 좋다.

마지막으로 (다)는 (가)와 (나)의 연관성을 기록하는 것이다.

앞의 표에서 보는 바와 같이 (다)는 연관성 있는 단어들로 기록을 했다. (다)의 단어들은 타이틀과 목차 그리고 스토리를 구성하는 재료가 되며, 관계가 없는 단어들은 창의적인 아이디어를 제공한다.

타이틀을 정하는 방법으로 첫 번째는 단어를 문장으로 정렬하는 것이다. 'A=성취, B=스피치, C=증거, D=증명'으로 먼저 A=B 구조는 '성취는 디자인이다'는 내용으로 연결할 수 있고, A=C and B=D로 '성취는 증거물로 제시해야 하고, 스피치는 스토리로 증명하는 것이다'는 문장구성을 할 수 있으며, 마지막으로 A=C But B=D 구조는 '성취는 증거물로 인정받지만, 스피치는 스토리로 증명 받아야 한다.'는 내용으로 정의할 수 있다. 결론적으로 문장의 구조를 이해하면 효과적인 타이틀을 제작할 수 있다.

두 번째는 (가)의 단어와 (다)의 단어를 연결하는 것이다. 문장구조를 동일하게 적용하면 'A=리더, B=승부사, C=정보, D=지혜'로 A=B 구조로 '리더는 메시지 승부사다' 는 내용으로 정의할 수 있고, A=C and B=D 구조는 '리더는 정보를 제공하며, 승부사의 지혜를 발휘해야 한다.'는 의미로 타이틀을 제작할 수 있으며, 마지막으로 A=C But B=D 구조는 '리더는 정보를 제공하지만 승부사는 지혜를 제공한다.'는 타이틀을 제작할 수 있다. 참고로 타이틀을 단문 구성도 되지만 장문구성으로 주제의 내용을 함축적으로 담을 수 있다. 타이틀 문장으로 아래와 같이 자료를 제작할 수 있다.

밝은 말, 살벌한 말

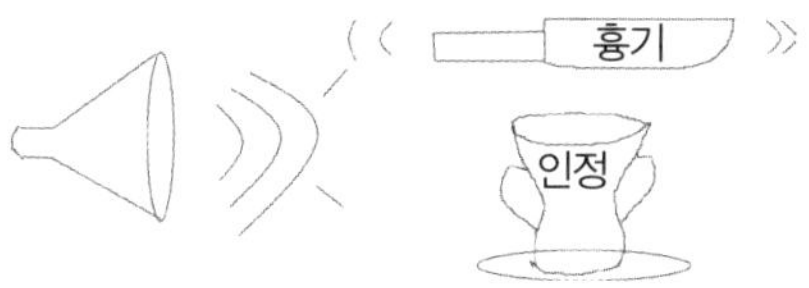

순서 2. 단어분류와 단어 맵(Map)을 통해 목차를 구성하는 것이다. 단어분류 방법은 아래와 같다.

리더
- 사전적 의미: 조직이나 단체 등의 활동을 주도하는 자
- 시각적 의미: 당당함, 자신감, 성취, 증거물,
- 연관된 의미: 리더십, 자존감, 자부심, 스피치, 명예, 인간관계 등

◯를 주제어와 연결하여 문장으로 연결하면 목차 순서를 정할 수 있다.

리더는 '조직에 대한 자부심을 가지며 인간관계를 통한 리더십을 발휘하여 자신감 있는 활동으로 성취감으로 자존감을 세우고, 증거물이 있는 스토리로 타인들과의 스피치를 통해 명예를 지키며 주도하는 사람이다.'로 내용을 정리할 수 있고, 문장에 포함된 단어의 순서를 목차로 제작하면 된다. 목차 구성에 따라 발표시간을 정할 수 있다. 발표자의 스타일에 따라 목차를 줄이고, 늘이고 할 수 있다.

• 단어 순서를 목차의 순으로 정리하면, 문장 속 단어의 순서를 목차의 순서로 정하는 이유는 주제요약으로 청중에게 각인시키는 효과가 있기 때문이다. 여기서 의문을 가질 수 있다. 문장은 구성할 수 있으나 목차의 연결성에 대한 한계가 있을 것 같다는 생각을 할

[목차]		
	1. 조직	7. 성취감
	2. 자부심	8. 자존감
	3. 인간관계	9. 증거(경험과 체험)
	4. 리더십	10. 스피치
	5. 활동	11. 명예
	6. 자신감	12. 주도

수 있다. 해결방법은 스토리의 연결성을 위해 브릿지(Bridge)를 적용하면 목차의 순서를 결론까지 연결할 수 있다.

예를 들면, 목차의 1, 2는 어떤 연결성을 유지할 수 있는가를 알아보면 간단하게는 조직의 생산성과 개인역량을 강화하여 그들의 비전과 목표를 달성할 수 있는 기회를 제공하면 자부심을 가질 수 있다는 말로 브릿지(Bridge)할 수 있다. 조직을 설명하기 위한 항목으로는 생산성과 개인역량의 중요성과 경험을 설명하면 된다. 세 번째, 목차의 세부내용을 정리해야 한다. 방법은 거미줄 기술법을 적용하면 된다.

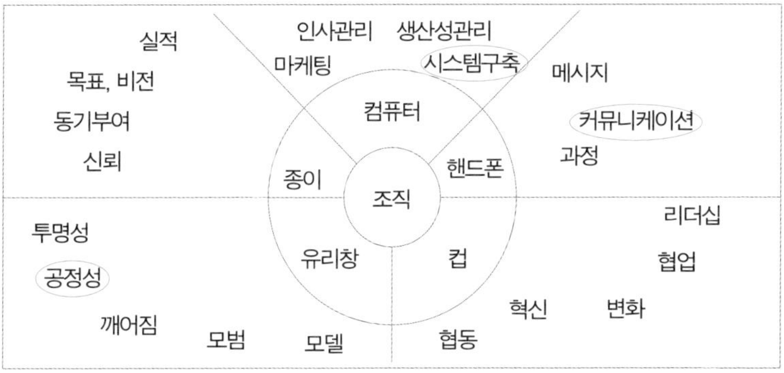

선택된 단어를 연결하여 소주제를 정하는 방법은 목차를 정하는 방법과 같다. '조직은 공정한 시스템구축과 커뮤니케이션(Communication)으로 완성이 된다.'고 메시지를 전달할 수 있다.

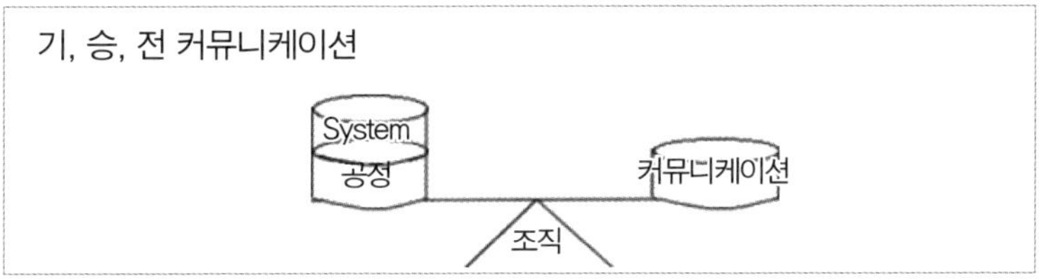

구체적으로 조직은 균형의 유지를 최우선으로 생각해야 하고 특히, 인사, 보상, 업무의 공정성을 중요성으로 언급할 수 있고, 시스템은 지위와 권한 범위 내에서 역량을 발휘해야 하며 마지막으로 커뮤니케이션은 창의적 사고의 자율적 의사 표현을 비난 비판하지 않는 것이 중요하다는 의미다.

[목차]	1. 조직 -공정성, -시스템 -커뮤니케이션 2. 자부심 3. 인간관계 4. 리더십 5. 활동 6. 자신감	7. 성취감 8. 자존감 9. 증거(경험과 체험) 10. 스피치 11. 명예 12. 주도

목차의 구성은 조직에 대한 세부항목으로 공정과 시스템 그리고 커뮤니케이션으로 구분하여 정리하면 된다. 공정성에 대한 세부내용은 단어 맵(Map)을 통해 내용을 정리할 수 있다.

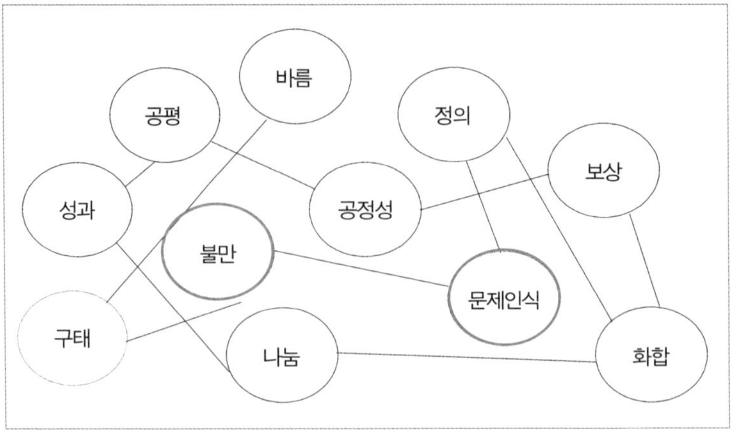

2단어의 연결을 통해 공정에 대한 스토리를 정의할 수 있다. '공정은 불만요소 파악과 문제인식을 통해 극복해야 한다.'는 내용이며 공정은 눈높이에서 진행되어야 한다는 것이다.

눈높이 공정과 대화

위의 자료처럼 공정에 대한 시각화 자료로 메시지를 담을 수 있고, 시스템과 커뮤니케이션도 같은 방법으로 스토리를 구성하고 프레젠테이션으로 제작하면 된다.

다음으로 고려해야 될 부분은 목차 순서인 1. 조직과 2. 자부심과 연결이 되어야 한다. '공정과 시스템 그리고 커뮤니케이션은 조직의 성장을 담보하고 소속에 대한 자부심을 가지게 할 수 있다.'는 메시지로 연결하여 목차 2의 내용을 설명할 수 있다. 뿐만 아니라 자부심의 세부내용을 앞서 설명한 방법으로 내용을 구체화시킬 수 있다. 자신의 경험을 네이밍(Naming)하여 전달할 수 있고, 간접경험을 통해 전개할 수 있다. 고려해야 될 부분은 발표시간을 고려하여 목차구성을 해야 한다는 것이다.

목차의 세부내용 구성은 단어 맵(Map)을 적용하고 단어연결을 통해 문장으로 만들며 단어의 순서대로 세부내용을 스토리로 만들면 된다.

코드(CODE) 리더십의 프레젠테이션 구성을 하기 위해 구조화 내

용을 적용하면,

1. 오프닝

'우리'라고 말하고 '나'를 말한다.

교안 1) '우리'를 앞세우면 코드(CODE)는 정리할 수 있으나, 개인의 역량발휘는 제한이 될 수 있고, 개인의 역량을 우선하면 코드(CODE)를 맞추는 것이 어렵다. 그래서 코드(CODE) 리더십은 정체성이 바탕이 되어야 하고 팀워크를 통한 성과 창출을 하는 것이다. 그렇기 때문에 '우리'와 '나' 사이에는 신뢰가 바탕이 되어야 하는 것이다.

오프닝은 핵심의미를 전달해야 하며, 그리고 예측되는 스토리보다 창의적 내용으로 접근해야 한다. 청중에게 식상한 이야기는 집중력을 떨어지게 한다. 이를 보완하고 핵심가치를 전달하기 위해서 시연을 통해 전달할 필요가 있다.

오프닝을 강조하기 위한 시연(Demonstration)은 종이를 이용하여 전개할 수 있다. 예시물을 보여주고, 설명하고, 시연을 통해 내용을 전달하는 것이다. 종이를 찢으며 "한 장의 종이가 찢어지듯 신뢰 또한 쉽게 찢어지고 갈라진다. 하지만 여러 겹의 종이는 찢기 어렵다. 따라서 신뢰는 한번으로 만들어지는 것이 아니라 많은 생각 포개짐으로 만들어지는 것이다."는 말로 오프닝을 설명하면 된다.

2. 타이틀

밝은 말, 살벌한 말

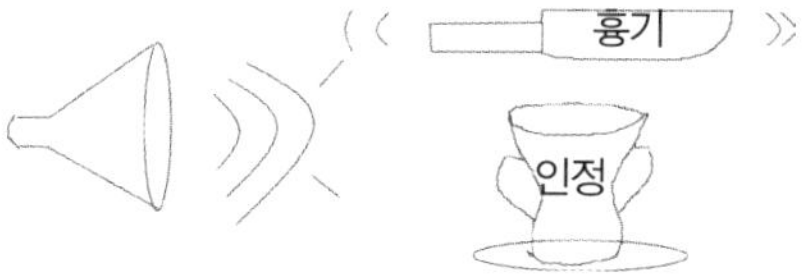

타이틀 언급을 위해서는 오프닝의 내용을 브릿지(Bridge)를 해야 한다

교안 2) 신뢰를 쌓는다는 것은 '가는 말이 고와야 오는 말이 곱다.'라는 말이 있듯이 커뮤니케이션이 중요하다. 소통이라 말하고 호통해서는 안 된다는 뜻이다.

오븐에 피자를 넣고, 고구마가 나오기를 기대하지 않는 것처럼, 자신이 듣고자 하는 말을 위해서는 상대방이 듣고자 하는 말을 해야 하는 것이다. '칼보다 강한 것이 펜이다'는 것은 흉기로 행동제한을 할 수 있으나 상대의 생각을 제한할 수 없고, 살벌한 말보다 밝은 말이 성과를 창출할 수 있다는 것이다. 그래서 말에는 자신과 상대의 성장과 멈춤의 두 가지 의미가 있다.

교안 2의 내용을 시연(Demonstration)을 전개해서 설명하면 예시물로 종이와 물을 보여주며 종이에 물방울을 떨어뜨려 구멍을 내며 '종이에 구멍을 뚫을 수 있는 방법은 많다. 한 방울의 물로 종이에 구멍을 내듯 사람의 마음을 얻는 방법은 좋은 말 한마디면 된다.'는 것이다. 따라서 사람의 마음에 생채기를 내고 얻을 수 있는 것이 없다는 말로 타이틀에 대한 의미를 설명을 할 수 있다.

3. 스팟(Spot)

숨어있는 빙산의 무게

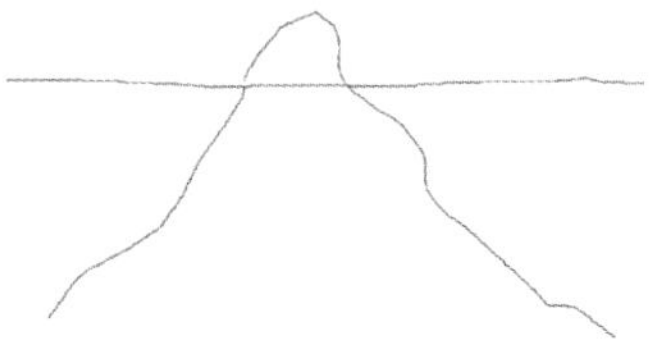

스팟(Spot)은 목차를 연결하는 부분으로 시연(Demonstration)으로 스토리를 연결해서 목차를 유도하면 된다. 퍼즐이 스팟(Spot)이 되는 것이고 퍼즐조각모음이 목차가 되는 것이다.

교안 3) '빙산의 일각'이라는 말이 있다. 보이는 것보다 잠겨있는 빙산이 크다는 의미다. 이는 외부로 노출된 것만으로 쉽게 판단을 하는 경솔함을 견제하는 말이다. 이를 리더에 대한 부분에 적용을 하게 되면 리더가 하는 스피치와 행동이 당장의 이익이 되지 않는다고 불신 해서는 안 된다는 것이다. 리더의 말과 행동에는 오랜 고민의 흔적이 있고, 의미와 가치가 있음 이해해야 한다.

교안 3의 핵심 내용을 시연(Demonstration)으로 설명하려면 예시물로 종이컵2개를 준비하고 하나에는 물과 다른 컵에는 색종이를 넣어두고 청중에게 물을 마시는 모습을 보여주며 다른 컵을 들어 청중에게 던지면 청중들을 몸을 피한다. 몸을 피하는 이유는 당연히 물이 들어 있을 것이라는 생각을 가지고 있을 때 의외의 장면을 연출하여 '보이는 것이 모든 것이 아니다'는 메시지를 주면 빙산의 일각이라는 메시지를 선명하게 전달 할 수 있다.

4. 목차

일반화된 목차

1. 조직	8. 자존감
2. 자부심	9. 증거(경험과 체험)
3. 인간관계	10. 스피치
4. 리더십	11. 명예
5. 활동	12. 주도
6. 자신감	13. 결론
7, 성취감	14. 영감(Inspire)

리더와 함께하는 이유를 찾는다.

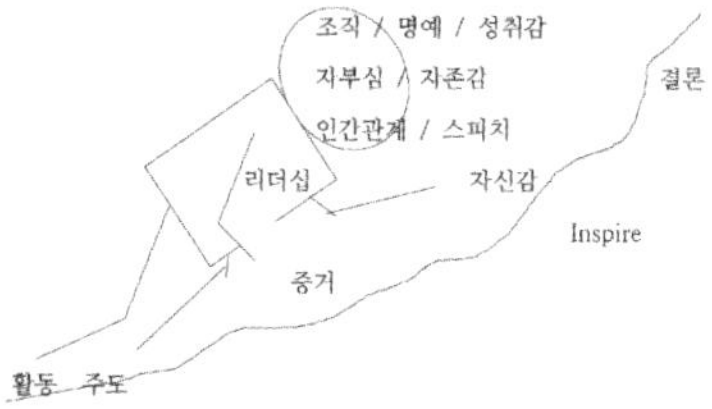

교안 4) 열정을 다해 성취를 해야 하는 이유가 자신만을 위한 것이 되어서는 안 된다. 팀과 팀원을 위하는 마음으로 리더의 역량을 갖추어야 한다. 머리로는 조직에 대한 명예 그리고 자부심, 가슴으로는 리더십에 대한 이해와 자신감 그리고 이를 뒷받침하기 위한 활동과 주도적 역할이 필요하다. 이러한 노력들을 통해 영감을 주어야 하는 것이다. 그러면 존경받을 수 있는 리더가 될 수 있을 것이다.

5. 와우 - 포인트(Wow - point)

보석 찾기

서론과 본론은 앞서 언급한 조직에 대한 세부내용을 찾아가는 방법으로 공정과 시스템 그리고 커뮤니케이션을 프레젠테이션으로 디자인 하면 되기에 별도로 내용을 기술하지 않는다.

교안 5) 와우 - 포인트 (Wow - point)는 결론을 연결하는 구조화된 부분으로 해결안에 대한 기대감을 제공하기 위해 청중에게 놀라움을 제공하는 부분이 되어야 한다. 프레젠테이션 자료의 모든 내용을 한 단어로 정리를 해야 한다. 이를 '보석 찾기'라는 단어로 정의할 수 있다. 리더는 업무를 수행하면서 팀과 팀원에 대한 보석을 찾는 것이고, 팀원은 리더의 가치를 찾는 것이다.

교안 5의 핵심 내용을 시연(Demonstration)으로 설명하면 예시물로 물과 페트병을 보여주고, 물을 담을 수 있는 방법을 미션으로 부여하고, 물을 흘리지 않아야 한다는 조건에 당장 물이 필요 없는 경우에는 흘리면서 담을 것이지만, 반대의 경우에는 한 방울의 물도 흘리지 않으려는 노력을 할 것이다. 갈증 유무에 따라 물이라는 존재가 달라진다. 물은 리더의 존재와 같다. 갈증과 책임의 부담 때문에 리더를 찾는다.

6. 해결안

보석 찾기

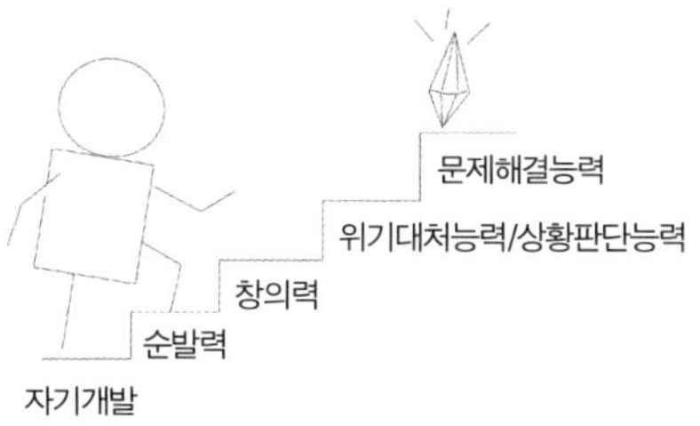

해결안은 대안을 제시하는 것이다. 앞서 목차에 있는 내용 외에 리더십 역량을 개발하는 방법을 제시하는 것이다. 주제와 연결된 다양한 아이디어를 제공해야 한다.

교안 6) 리더의 역량을 개발하는 것을 최우선 과제가 삼아야 한다. 리더는 경험과 성과 그리고 시간에 따라 리더십이 완성되는 것이 아니다. 중요한 것은 매력이 있어야 한다. 매력은 리더다움과 창의력 개발로부터 문제를 발굴하고 해결할 수 있는 능력을 배양해야 되는 것이다. 단계별 역량을 개발하여 리더가 갖추어야 할 덕목을 지녀야 하는 것이다.

교안 6의 핵심 내용을 시연(Demonstration)으로 설명하면 예시물로 종이를 이용하여 비행기를 접어서 날리는 미션을 통해 청중에게 리더의 역량과 매력에 대해 말할 수 있다. 멀리 날아가는 비행기, 오래 떠 있는 비행기, 목표로 향하는 비행기 등 다양한 미션과 결과물을 통해 리더는 상황에 맞는 성과를 창출하는 사람이기에 비교와 평가를 해서는 안 된다. 리더를 따르는 사람들은 태도가 유지되어야 한다. 그러면 신뢰 속에서 성장을 기대할 수 있다.

7. 영감(Inspire)

팔로워는 리더를 따르고, 리더는 가치를 따른다.

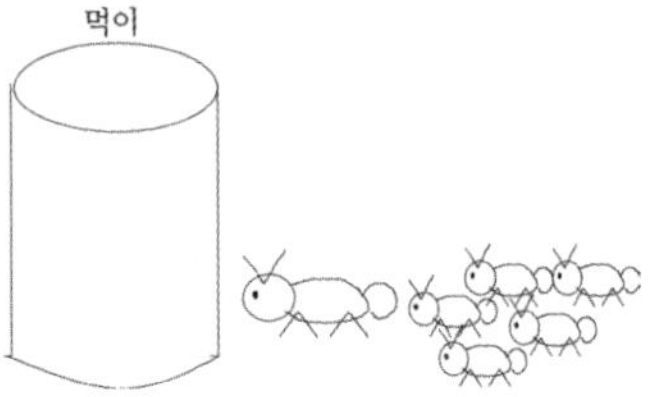

영감(Inspire)의 구성은 인용, 비유를 통해 정리할 수 있을 뿐만 아니라 개인의 경험을 통해 느끼고, 배우고, 실천했던 내용을 디자인해서 의미를 전달하면 된다. 광고카피처럼 영감을 줄 수 있어야 한다.

교안 7) 쐐기벌래는 리더벌레를 무조건적으로 따른다. 그러다 함께 죽는 사태도 일어난다. 리더가 방향성과 목표가 없을 때 불행한 결과를 초래한다. 리더의 매력에 팔로워는 따른다. 리더는 5가지 역량을 개발하고 가치를 지향하면서 매력을 키운다. 가치를 지향하는 것은 미래에 대한 희망을 제공하고 비전과 목표를 세부적으로 제공하면서 팔로워들의 목마름을 해소한다. 리더는 흔들림 없는 태도와 방향성을 유지하면서 팔로워에게 길을 제공하면, 진정한 리더가 될 수 있다.

결론적으로 CODE 리더십을 프레젠테이션으로 제작하는 단계는 아래와 같다

* 빨간색 항목은 생략

3. Idea 제안
Ctrl + C , Ctrl + V를 버려라

'백지 위에 생각하라!

그러면 Wow!를 생산한다.'

36 단어 구성
(3×3×4)

- 배경
- 문제점
- 실행계획
- 기대효과

• Idea 제안 프레젠테이션(Presentation)

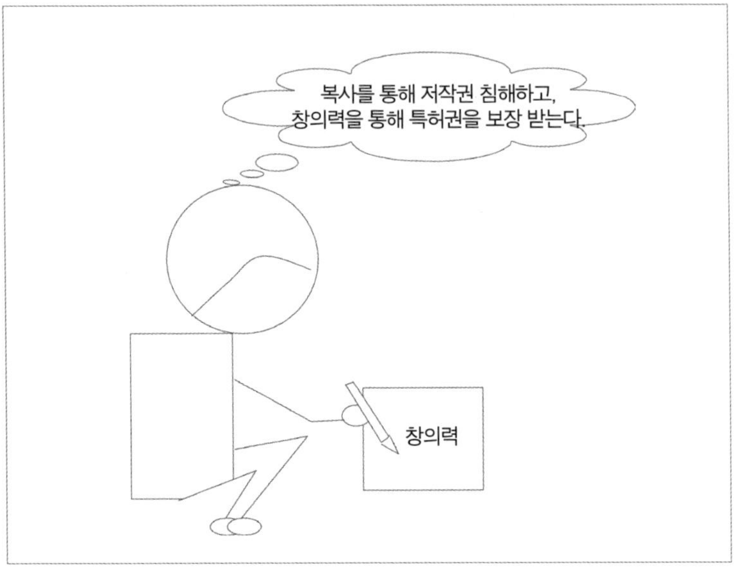

아이디어 제안(提案)은 '좋은 방향으로 가기위한 문제 발굴 및 해결이다'는 의미를 내포하고 있다. 어제보다 나은 오늘 그리고 내일을 위해 변화가 필요하다. 현재에 만족하는 것보다 현재의 미흡한 점을 개선시키려는 노력이다. 하지만 방향성이 맞지 않거나 목적이 원래의 취지에 반한다면 제안은 물거품이 된다. 따라서 idea 제안은 변화와 혁신의 사고가 바탕이 되어야 한다.

아이디어 제안은 현장검증 후 주제를 정해야 한다. 현장 방문 없이 문서제작을 하는 것을 '탁상공론'이 될 수 있다. 따라서 실행과 기대효과를 예상할 수 있는 문서 작업을 위해서 필요하다. 기본문서를 작업하기 위해서는 앞에서 언급한 거미줄 기술법을 통해 36 단어 이상의 단어를 선정해야 한다.

다음 단계로 주제와 관련된 단어를 36개 이상을 선정 후 3개 단어씩 연결하면 된다. 문서 작업은 각 3개의 단어를 문장을 구성하여 기술하면 된다.

제안서 작업은 시스템에 의해 작업을 해야 방향성이 흩어지지 않는다. 작업 시스템 구축을 하기 위해서는 팀 단위로 하는 것이 효과적이다. 단어 선정의 폭이 넓어지며 제안의 폭도 넓어진다.

디자인	– 의미/가치
영감(Inspire)	– 실행
연습 (발표)	– 실전

거미줄 기술법으로 단어선정을 해서 효과적인 문장구조로 임팩트(Impact) 있는 주제를 선정하면 된다. 예를 들면 문장구조 A=B and B=A로 제작할 수 있다. (A는 미래, B는 마을) 두 단어를 문장구조에 적용하면 '미래가 없는 마을은 있어도, 마을 없이는 미래도 없다.'는 제목으로 제작하면 된다.

• 문서 작업은 아래와 같이 작성하면 된다.

(제작 방법)

'미래가 없는 마을은 있어도, 마을 없이는 미래도 없다.

1. 제안배경 (9단어)
   · 3단어 ( ) : 성장, 디자인, 관심
   – 마을 성장을 위한 디자인과 마을 주민의 관심 제고
   · 위와 동일 작업
2. 문제점 (9단어)
   · 3단어 ( ) : 변화, 해결, 아름다움
   – 변화에 인식부족과 해결노력의 미흡으로 인한 마을의 아름다움 상실
   · 위와 동일 작업
3. 실행계획 (9단어)
   · 3단어 ( ) : 방향성, 작업, 협업

–방향성을 정하고 협업을 통해 방문 편의성을 위한 접근으로 작업

· 위와 동일 작업

4. 기대효과 (9단어)

· 3단어 ( ) : 생산, 창의, 설계

–생산성이 높아지며 창의적 활동을 통한 마을의 새로운 설계 구축

· 위와 동일 작업

앞서 제안을 위한 문서 작업은 시스템에 의해 제작이 되어야 한다. 현장 검증 후 문서 작업을 위한 주제선정 그리고 내용을 검증해야 한다. 반드시 현장검증 후 문서작업을 하는 태도를 형성해야 한다. 이렇게 언급하는 이유는 책상에서는 새로운 아이디어와 창의적 실행계획을 발현시킬 수 없다. 습관적으로 일의 편리함을 위해 Ctrl+ C, Ctrl+ V로 일정변경만으로 기존계획을 답습할 수 있다.

이는 혁신과 변화를 통해 성장과 생존을 위한 간절함과는 동떨어진 제안이 될 수 있기에 문서 작업 시스템 단계를 거쳐서 작업을 완료해야 한다. 문서 작업이 완료되면 문서내용으로 프레젠테이션 자료를 제작해야 한다. 프레젠테이션 구조화 단계를 통해 스토리 완성도를 높여야 한다.

프레젠테이션 구조화는, 단계로 제작할 때 효과적인 메시지를 전할 수 있다.

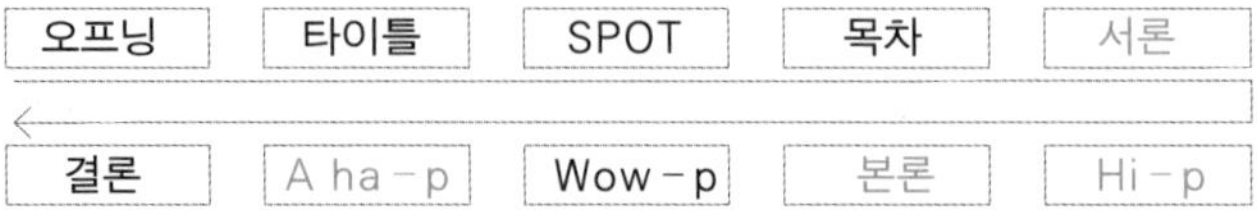

Idea 제안의 시작은 문서작성으로 시작해서 프레젠테이션 제작으로 마무리 된다. 문서 작성 시 제목을 문장구조를 통해 '미래가 없는 마을이 있어도, 마을 없이는 미래도 없다.'는 말로 표현할 수 있으며, 첫 번째는 오프닝 제목을 연결하는 것이다.

오프닝(Opening) 밑 빠진 독에 물 붓기

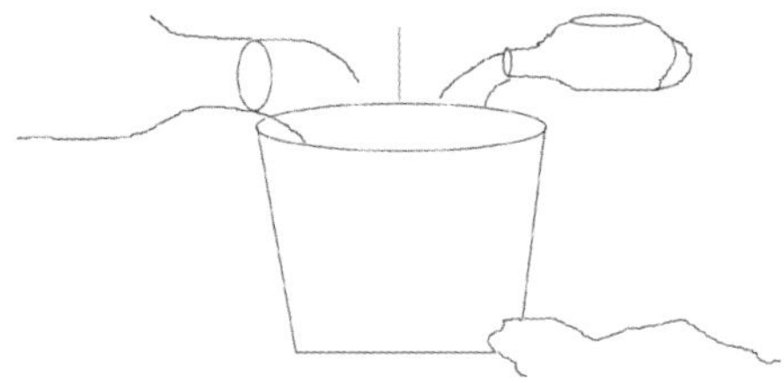

'밑 빠진 독에 물 붓기'처럼 어렵고 힘든 것이 아이디어 제안이다. 하지만 빠지는 물 양보다 붓는 양이 많으면 채울 수 있는 것처럼 불가능은 아니다. 따라서 아이디어 제안은 실행가능성과 달성가능성 그리고 기대효과가 정량적으로 시각화될 수 있다면 수용할 수 있을 것이다. 오프닝은 주제를 효과적으로 전달하기 위해 청중에게 다양한 생각을 할 수 있는 기회를 제공해야 하며 주제를 연결하는 오프닝 프레젠테이션이 될 수 있도록 해야 한다.

두 번째는, 오프닝과 브릿지(Bridge)가 되어 타이틀을 강조해야 한다. 방법으로 밑 빠진 독에 물을 채우려는 아이디어를 지속적으로 발휘해야 미래를 기대할 수 있지만. 시도조차 하지 않는다는 것은 과거에 머무르는 우를 범하는 것임을 인식해야 한다.

실행(TO - DO)은 선택이 아니고 필수

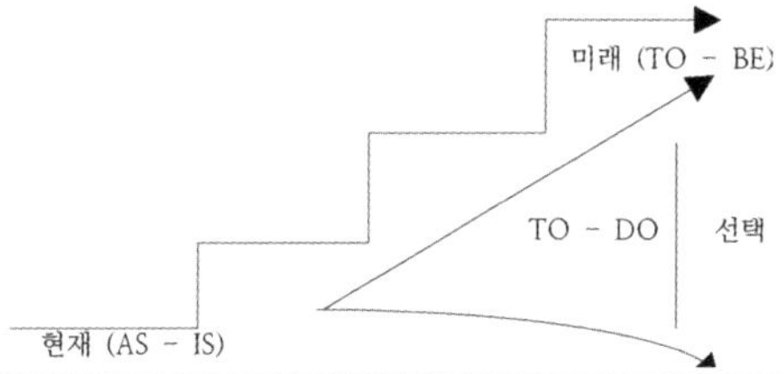

변화 없이 현재를 지키려는 것은 하락하는 것을 말하는 것이다. 현재의 삶을 유지하기 위해서라도 새로운 시도를 해야 한다. 따라서 마을이 없으면 미래가 없지만 마을이 존재하는 한 미래를 버리지 말아야 하는 것이다. 아이디어는 퇴보하는 것이 아니라 조금씩 전진해야 한다.

앞의 타이틀 자료가 의미하는 것은 실행(TO - DO)에 대한 구체적 실행계획 수립이 미래를 열어가는 길이 되는 것이다.

세 번째는, 스팟(Spot)에 대한 부분으로 목차를 연결하는 구조화된 부분이다. 구조화 순서상 스팟(Spot)이 우선하지만 목차구성이 먼저 되어야 한다. 목차는 구성으로 서론은 배경, 본론은 문제점, 결론은 실행계획 그리고 기대효과를 염두에 두면 된다. 일반적인 목차는 아래 (가) 목차 내용처럼 청중에게 발표 순서를 알려주는 것뿐이지만 (나) 목차처럼 스토리를 만들면 청중은 전제적인 구도를 그릴 수 있는 기회가 될 것이다.

(가) 목차

1. 배경
2. 문제점
3. 실행계획
4. 기대효과
5. 영감(Inspire)

(나) 목차

Ⅰ. 서론

-차별화를 위한 노력 (변화, 성장, 관심)

Ⅱ. 본론

-변화 없는 미래는 없다

Ⅲ. 결론(해결안)

-협업과 협력을 통한 방향성 유지 및 설계

Ⅳ. 기대효과 및 영감(Inspire)

-부자마을 과 가난한 마을

(나) 목차를 염두에 두고 스팟(Spot)을 정리하면 아래와 같다.

나, 너, 우리를 위한 스토리

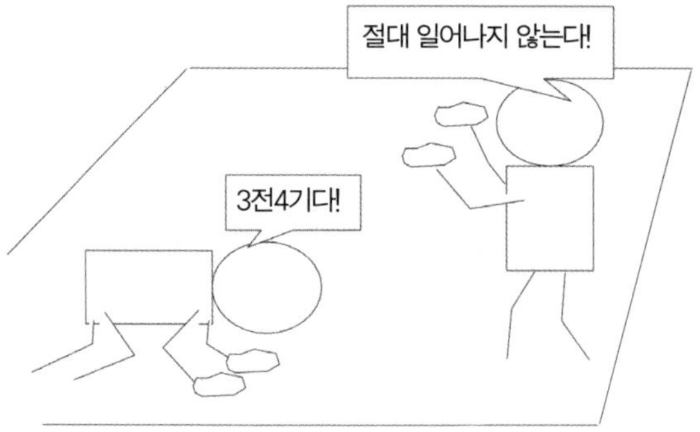

일어나지 않으면 넓은 세상을 볼 수 없다. 따라서 현재의 모습을 정확하게 바라볼 수 있는 안목을 가지고 내일의 스토리를 만들어 가야한다. 또한 현재와 미래의 모습에 기대감을 가지고 실행력을 높일 수 있도록 스토리를 전해야 한다. 마을의 변화는 다시 일어설 수 있는 용기와 의지가 마을의 미래를 결정할 수 있다고 스팟(Spot)으로 정리할 수 있다.

네 번째는, 목차를 설명하는 부분으로 스팟(Spot)을 목차를 연결해야 한다. 스팟(Spot)에서 언급한 내용을 목차에 담을 수 있는 스토리로 전개하면 된다.

몸을 건강하게 하려면 쳇 바퀴 뛰고
발전을 위한다면 벗어나라

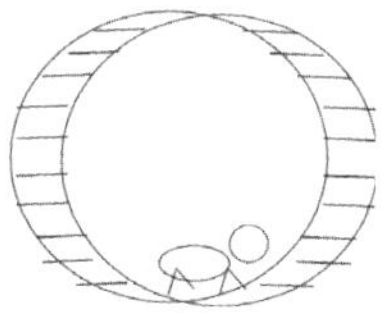

쳇 바퀴를 돈다는 것은 에너지만 소비하는 것이다. 발전을 기대할 수 없다. 따라서 쳇바퀴를 벗어나서 생각에 대한 변화와 관심으로 과거와 현재 그리고 미래를 분석해서 구체적 실행계획을 수립하여 미래에 대한 대비를 해야 하는 부분이다.

목차는 차별화된 발표를 통해 프레젠테이션의 방향성을 유지하고 전체 스토리를 유도해서 경쟁력을 갖출 수 있다. 방법은 시연(Demonstration)을 통해 강조하면 효과성을 높일 수 있다. 목차 설명의 또 다른 방법으로 아래와 같이 설명할 수 있다.

크게 키우기 위해서는 밑가지를 제거해야 되고
넓게 키우려면 윗가지를 제거해야 한다.

어떤 나무로 키울 것인지에 대한 관심과 목표와 방향성을 정하면 '누가, 어떻게, 키울 것인지?'에 대한 실행계획을 수립하면 기대하

는 효과를 거둘 수 있다.

다섯 번째로, 서론을 설명해야 한다. 모든 구성은 하나로 연결되어 있어야 한다.

목차의 내용을 서론에 연결하기 위해서는 목차의 핵심키워드를 선정하고 서론의 키워드와 연결해야 한다. 앞서 목차를 '변화는 선택이 아니라 필수다'로 정의했고 서론의 핵심 키워드 3단어(디자인, 관심, 성장)는 '관심 두지 않고 성장을 기대하는 욕심은 버려야 한다.'는 의미를 연결하면 된다.

변화는 선택이 아니라 필수이기에 우리는 변화와 관심 그리고 디자인이 필요하다는 의미로 서론을 연결하면 된다. '차별화를 위한 노력'을 언급하며 현재진행형으로 말하면 된다. 아이디어 제안의 접근을 위해서는 서론의 내용은 사실에 입각한 구체적으로 언급해야 한다.

(가) 우리의

(가)의 내용은 전체 항목을 나열해서 시각화자료로 제작이 되었다. 심플(Simple)하게 정리되었다고 할 수 있다. 하지만 항목별 내용적인 측면에서 언급해야 할 부분이 많이 있을 수 있다. 내용 보강 없이 읽고 넘어간다면 무리는 없지만 궁금증을 가질 수 있다. 따라서 모든 내용을 발표하게 되면 시간을 맞추지 못하는 경우가 발생할

수 있기에 1~2가지 내용을 선별하여 구체화시켜 언급하는 것이 효과적일 수 있다. 다시 말하면 나열식, 서술식보다는 핵심 주제를 선별해서 전달해야 한다. 그러면 청중이 듣고자 하는 말을 전달함으로써 청중에게 문제를 부각할 수 있는 연결고리가 될 수 있다.

(나) 자신 아닌 다른 사람에게 관심을 기울이는 것은 이타심이고 타인 아닌 나에게 관심을 기울이는 것은 배타심이다.

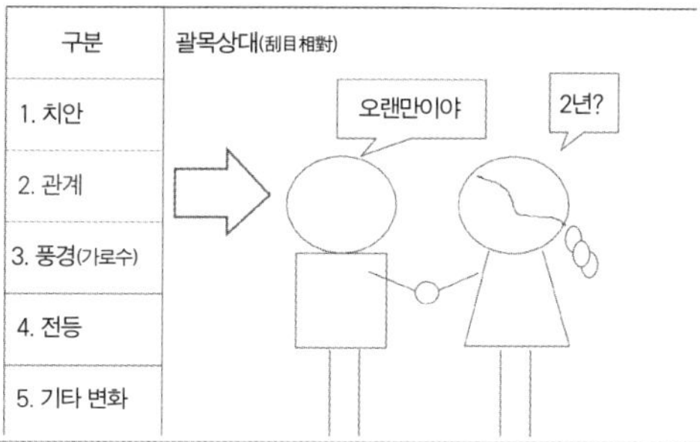

(나)에 대한 내용은 (가)의 내용 중 일부분만 발표하고 나머지는 시각화자료로 보여 줌으로써 시간조절과 핵심주제에 대한 메시지를 함축적으로 의미를 전달할 수 있다.

또 다른 전개방법은 시연(Demonstration)을 통해 전달할 수 있다. 시연의 기재가 전달할 주제와 연결이 되어야 하고, 명확한 메시지 전달이 되어야 하며 퍼포먼스(Performance)를 어떻게 할 것인가를 생각하면 된다.

시연(Demonstration)을 위한 단계

1단계	2단계	3단계	4단계	5단계
주제의 분류	스토리 정의	기재 선택	퍼포먼스	메시지 정의

시연(Demonstration)을 거치면서 서론에 대한 내용을 함축적으로

표현해보면 아래와 같이 전개할 수 있다.

퍼포먼스(Performance)는 '고무줄은 원상 복귀하는 탄력성이 있기에 고무줄인 것처럼 인간관계도 원상 복귀하는 탄력성을 가진다. 필요에 의해 가까워지다가, 이해관계가 발생하면 멀어지는 경우가 있다. 따라서 마을에서 인간관계도 항상 좋을 수는 없다. 그렇기 때문에 좋은 마을 만들기를 위한 큰 방향에서 관계가 형성되어야 한다.' 메시지를 전달할 수 있다.

시연(Demonstration)의 궁극적인 목표는 핵심전달을 시각화시켜 전달력의 효과를 높이는 의미가 있다. 따라서 준비와 반복훈련을 통해 습득해야 한다. 모든 것에 의미를 부여하는 훈련도 병행해야 한다. 그러면 메시지 한계를 극복할 수 있다.

여섯 번째는, 본론에 앞서 전달하는 구조화로 하이-포인트(Hi-point)이다. 본론의 내용을 증명해야 하는 것이다. 문제점을 노출하는 과정 속에서 염두 판단해서 문제를 제기해서는 안 된다. 말을 증명할 때 신뢰와 동의를 얻을 수 있다. 따라서 설득은 스피치와 스토리 그리고 관련 내용을 증명하는 것이다.

하이-포인트(Hi-point)는 통계를 제시함으로써 청중의 이해를 돕는 것이다. 차트는 쉽게 이해를 도울 수 있는 도구이며 그래프, 원형, 선형 등을 제시할 수 있다. 그렇지만 발표자의 의도와 목적을 전달하기에는 미흡할 수 있다. 차트도 자신의 생각과 의도가 담긴 내용으로 전달할 필요가 있다.

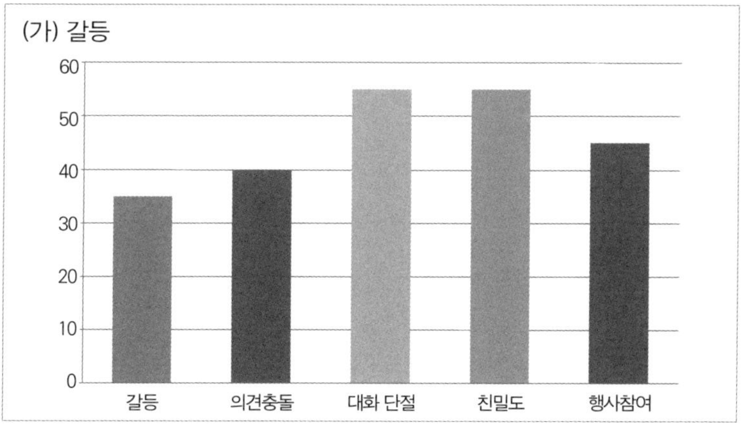

차트는 '설문'을 통해 만들어지며 데이터가 전제가 되어야 한다. 설문의 결과를 왜곡하게 되면 문제발굴과 문제해결을 할 수 없다. 따라서 신뢰할 수 있는 데이터가 전제가 되어야 한다.

(가) 차트의 장점요소는 많은 갈등의 요소를 심플하게 보여주고 있다. 또한 갈등의 정도를 분류해서 정리하고 전달할 수 있다. 약점적인 요소로는 많은 내용을 담아야 하고, 각 항목별 스토리 전달이 필요하다. 또한 핵심 메시지의 중요도를 재설명해야 하는 부분이 있기에 일반적인 부연 설명이 없는 문서로는 적당하나 발표과정에서는 어울리지 않을 수 있다.

다른 방법은 (가) 항목에 있는 단어들을 그림으로 묘사해서 전달할 수 있다. 다만 시각적 효과만 가져올 뿐 메시지 전달은 (가)의 내용과 다를 바 없다.

(예시)

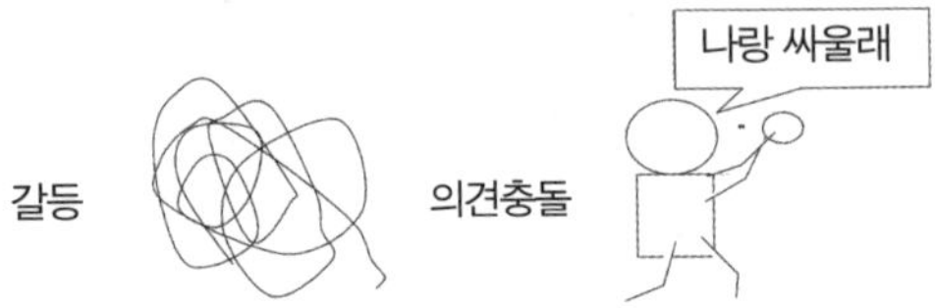

(예시) 상황에서 볼 수 있듯이 (가)의 부분과 대동소이하다. 따라서 효과적인 전달과 마을 살리기에 대한 핵심주제를 한정해서 풀어갈 필요가 있다. 갈등의 요소 중 문제를 발굴하고 해결함으로써 다른 문제까지 해결할 수 있는 요소를 찾아서 전개하면 된다.

(나) 갈등

원수도 외나무다리에서는 서로 죽으려 하지 않는다?

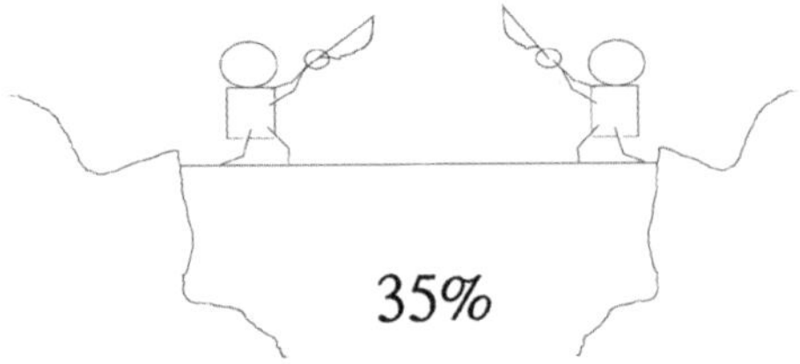

(나)의 자료는 속담을 빌려 갈등의 요소를 정의했다. 갈등으로 위험에 함께 노출해서는 안 된다는 의미이며 죽고 살기를 위한 핑퐁게임이 아니라면 함께 살 수 있는 방법을 모색하는 것이 좋다는 뜻이다. 현재의 상황을 명확히 분석해서 하나의 문제를 해결함으로써 여러 문제를 동시에 해결할 수 있는 항목을 선정하여 발표할 수 있어야 하다. 많은 문제를 발굴해서 모든 것을 해결하려는 것은 어려울 수 있다. 따라서 선택과 집중이 필요한 부분이다. 예를 들면 다음 (가)의 세부항목을 (나)와 같은 방법으로 제작할 수 있다.

(가) 대화 단절 55% 경험이 있다

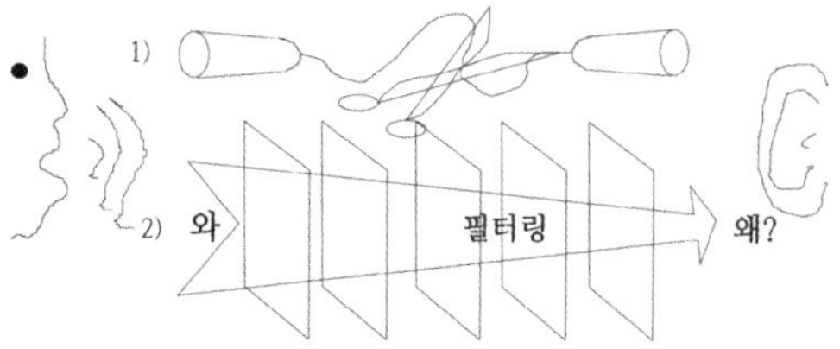

(가) 1)과 2)의 내용은 평범한 대화 단절의 이미지다.

프레젠테이션은 광고의 카피(Copy)처럼 단어의 함축적 의미를 통해 청중이 생각하고 이해할 수 있게끔 하면 된다.

(나) 대화 단절

상대가 원하는 나이테를 만드는 것이다.

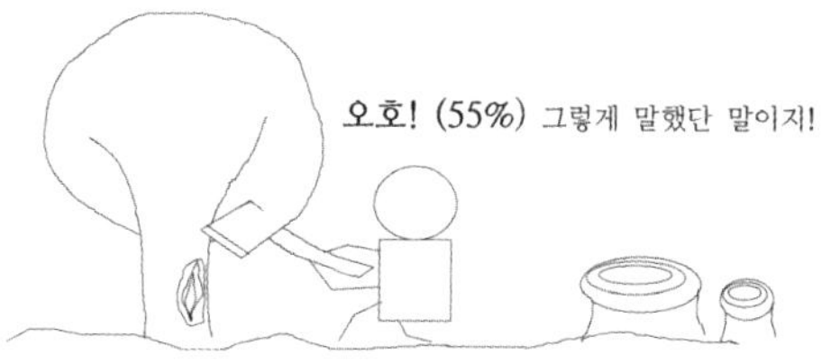

(나)의 내용 중 첫 번째는 대화를 중간에 자르지 말라는 것이고 두 번째는 나무의 나이테는 여러 모양을 만들 수 있기 때문에 상대가 원하는 나무의 나이테를 만들어 대화의 단절을 막아야 한다. 마지막으로 말을 자르는 도끼는 날카롭기에 사람을 헤칠 수 있다는 의미로 해석할 수 있다.

메시지 전달은 직접 전달과 간접 전달을 방법을 선택할 수 있다. 직접적 전달은 결론과 정보에 대한 공통분모가 있는 경우, 그리고 다른 생각을 할 수 없고, 다른 대안을 제시할 수 없을 때 적용하는 방법으로 발표자의 입장에 가까운 표현 방법이다. 반면에 간접적 전달은 비교, 은유, 대조, 대구법 등으로 표현하는 부분으로 다양한 의견이 제시되고, 또한, 청중의 반대 의견과 다른 생각의 반응에 대한 충격을 줄이고, 상대방이 스스로 생각할 수 있고, 그들의 의사를 반영할 수 있다는 기대감을 줄 수 있는 경우로. 청중을 고려한 입장에서 발표를 하는 것이다. 결국은 발표자가 선택해야 한다.

결론적으로 하이-포인트(Hi-pont)는 데이터 차트를 통해 문제를 부각하고 문제의 인식을 통해 해결안을 염두에 둘 수 있도록 유도하는 것이다.

일곱 번째는, 본론 전개다. 일반적인 본론은 현재진행형의 내용을 전개하는 부분으로 청중의 관심도를 제고해야 되는 부분이다. 그렇기 때문에 상황을 명확하게 정의하지 못하면 해결안에 대한 기대감이 사라진다. 본론의 전개를 일반적 텍스트로 전개하는 것은 약점이 될 수 있다.

본론의 전개는 '변화 없는 미래는 없다'는 내용을 서론에서 언급을 하였지만 핵심문제로 부각시킬 필요가 있다.

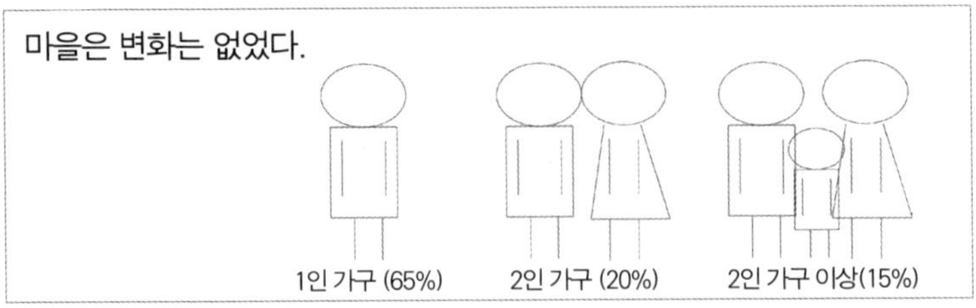

큰 틀에서 마을의 변화는 마을 주민의 정착률과 빈집률을 보고 염두 판단할 수 있다. 따라서 실질적인 문제를 부각해야만 실천 가능한 문제해결을 할 수 있기 때문이다. 따라서 구체적인 활동이 현실성이 있는지를 판단하고 문제의 재인식을 통해 마을에 대한 구체적인 해결안을 준비할 수 있다. 본론은 일반적인 정책의 실행에 대한 언급을 통해 발전적 아이디어를 제안할 수 있다.

구분	내용
1. 마을 조합	마을기업 정착과 생산성 활동
2. 마을 사업	협동 및 협업활동
3. 마을 축제	축제활동을 통한 관광객 유치 활동
4. 이주민 정착	토착민과 이주민의 갈등제거 활동
5. 마을경제활동	마을 공동 생산성 활동

일반적인 활동사항들을 진행률과 진척도를 체크하면서 개괄적 활동에 대한 내용을 소개할 수 있고, 각각의 항목을 세분화시켜 전개할 수도 있다. 청중이 관심가질 수 있는 상황을 판단하여 발표 시간배정을 정하면 된다. 역시 내용 전달과 시간 관리에 어려움이 있을 수 있는 차트다.

개괄적인 내용을 세분화시켜 전개하면, 마을조합에 대한 내용으로 활동사항을 표현함으로써 위의 내용처럼 일반적으로 언급할 수

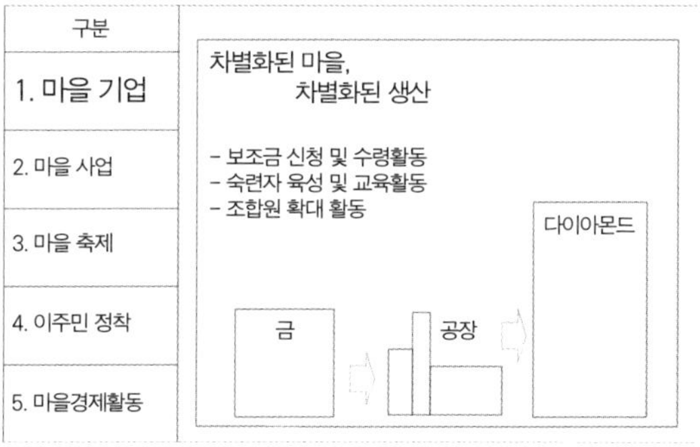

있다. 하지만 전달의 효과는 미흡할 수 있다. 아이디어 제안을 위한 문서 내용으로는 사용할 수 있다. 하지만 발표를 통해 아이디어의 채택을 목적으로 프레젠테이션을 하기에는 미흡하다.

구분	틀을 깨면 기회가 되고, 틀을 구축하면 성장이 없다.
1. 마을 기업	
2. 마을 사업	
3. 마을 축제	
4. 이주민 정착	
5. 마을경제활동	

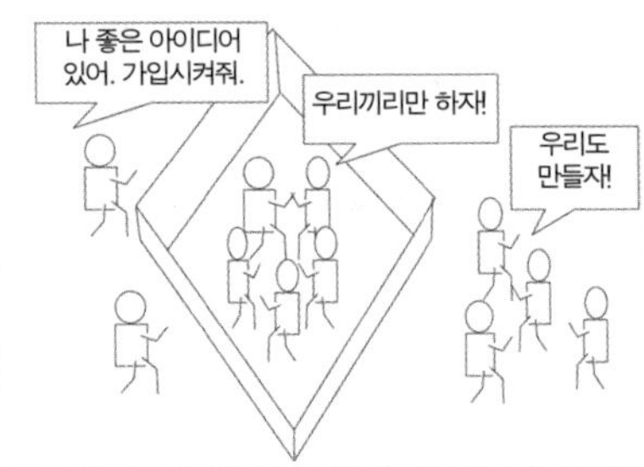

마을 기업에 참여하고 보조금도 수령하고 아이디어를 통한 새로운 시도를 할 수 있는 환경과 여건을 만들어 자유로운 활동을 할 수 있는 마을의 환경이 유지되고 있는지를 구체적으로 파악하고 접근해야 한다. 따라서 마을 기업이 제 몫 챙기기에 나서는 환경이 된다면 마을 발전을 기대할 수 없는 것이다.

마을기업을 설립한다는 것은 주민들의 생각과 입장을 반영하는 단계에서 절차를 통해 설립을 해야 명분을 얻을 수 있으며 적극적인 참여가 마을 성장을 예측할 수 있다. 또한 마을 기업의 성장을 위한 노력과 과정을 구체적으로 언급해야 할 필요성이 있으며 경쟁을 통한 마을 기업의 설립을 구축해야 하며 기업설립이 자유로워야 한다는 것이다. 마을 기업의 개수와 경제성 검토를 통한 마을의 성장을 판단할 수 있다.

본론은 실행에 대한 부분이고 성과에 대한 부분은 가감 없이 언급되어야 한다. 그러면 해결안에 대한 메시지를 명확하게 할 수 있다.

여덟 번째는, 와우-포인트(Wow-point)를 제작하여 해결안에 대한 당위성과 설득을 할 수 있도록 해야 한다. 와우-포인트(Wow-point)는 청중들이 놀랄 만한 내용으로 전개해야 한다.

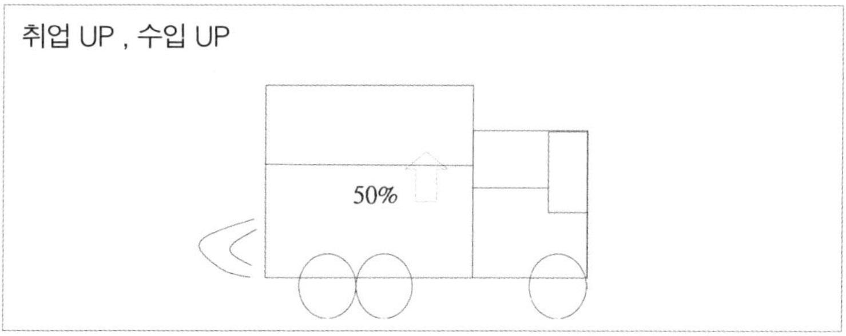

위의 내용처럼 와우-포인트(Wow-point)에 있는 메시지 정도에 따라 결론을 증명하는 효과성이 달라진다. 마을 기업이 필요한 이유와 당위성 그리고 다양한 마을기업의 필요성을 증명하면 된다. 따라서 여러 가지의 내용보다 마을의 성장을 담보할 수 있는 내용이면 충분한 해결안으로 제시할 수 있다.

현재까지는 마을의 변화 중 마을 기업에 포인트를 두고 정리를 했지만 발표자가 중요하게 생각하는 내용을 핵심 포인트에 두고 전개할 수 있다. 문제는 모든 항목을 발표하고자 하는 것은 발표시간에 제한될 수 있기에 선택해야 한다. 앞서 언급한 서론과 본론의 내용의 연결은 유지가 되어야 한다. 그러면 내용에 대한 검증을 증명할 수 있다.

전달방법은 시연(Demonstration)으로 와우-포인트(Wow-point)에 대한 메시지를 효과적으로 전달할 수 있다. 아래 그림은 와우-

포인트(Wow-point)를 위한 설명이다(제안서 자료에는 포함하지 않는다).

각이 있어도 굴러 간다.

굴러가지 않을 각이 있는 상자도 굴러가게 할 수 있는 것이 아이디어다. 성장을 기대할 수 없었던 마을에도 취업과 수입이 50% 이상 창출할 수 있었던 것은 마을기업이었기에 성장할 수 있는 계기가 되었다.

따라서 마을기업이 주는 긍정적인 영향을 핵심주제로 선정하여 해결안을 제시하면 된다.

아홉 번째는, 해결안은 혁신과 변화에 대한 새로움을 줌으로 해서 동기를 부여할 수 있다.

해결안에 대한 내용으로 '협업과 협력을 통한 방향성 유지 및 설계'를 어떻게 할 것인가에 대한 부분을 마을기업과 연계된 내용으로 해결안을 준비하면 된다.

따라서 아래와 같이 표현할 수 있다.

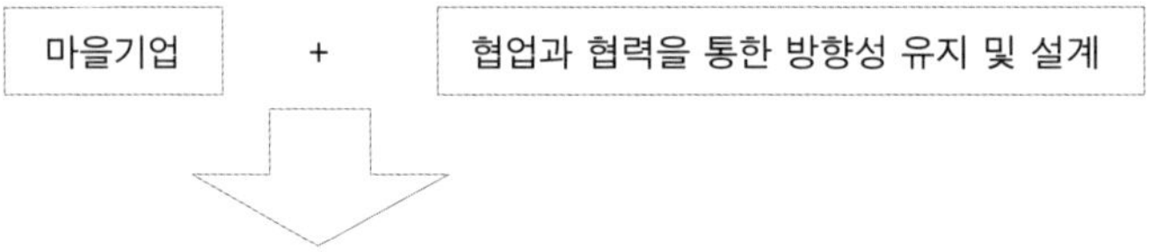

해결안 1. 체력 키우기 (주민 + 인재)

해결안은 좀 더 구체적이고 실행가능성이 있는 아이디어로 제안을 해야 한다. 해결안 제시는 누구나 예상할 수 있는 내용보다 빨간색 글씨에 있는 내용처럼 창의적인 내용으로 해결안을 제시한다면 청중으로부터 동의를 구할 수 있을 뿐만 아니라 성장가능성을 기대할 수 있게 만들 수 있다.

지금까지 마을 만들기의 큰 타이틀 아래 작은 주제인 마을기업의 내용을 전개하였다. 다른 주제들은 언급하지 않았다. 다양한 생각에 제한을 두지 않고 다른 주제연구를 구조화 프레젠테이션의 단계를 거치면서 연습을 해야 한다.

열 번째는, 영감(Inspire)으로 마무리하면 된다. 인용, 비유, 스토리 그리고 시연을 통해 청중의 마음을 움직일 수 있다면 성공적인 마무리가 될 수 있다. 전체 내용을 담은 마지막 한 줄의 메시지는 다음과 같이 할 수 있다.

오랜 나무가 숲의 가치를 가진다.

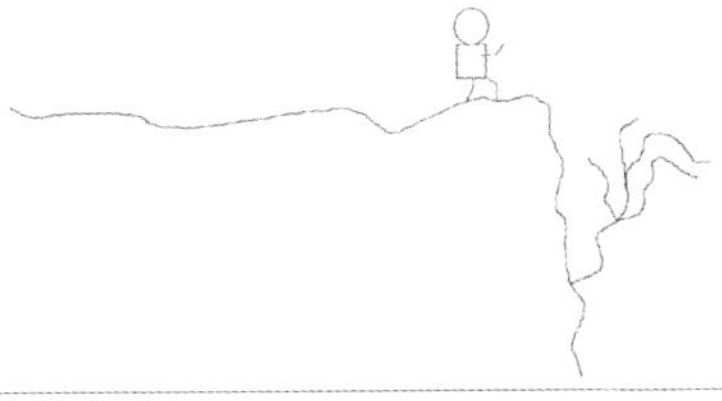

나무 한 그루가 산을 지키는 것처럼 작은 생각이 마을을 지킨다. 작은 부분에 대한 변화가 마을을 새롭게 단장할 수 있는 것이다. 마을의 존폐는 사람이다. 정착하고 그들의 삶을 지원할 수 있는 문화를 만들어가는 것이 마을 만들기의 초석이 된다.

결론적으로 아이디어 제안을 프레젠테이션으로 제작하는 단계는 아래와 같다

기존의 틀을 지키되 생략 가능한 포인트 부분을 생략해도 된다. 다만 전체 줄거리에 대한 구조화를 유지해야 된다.

4. 자기주도 학습방법
프레젠테이션

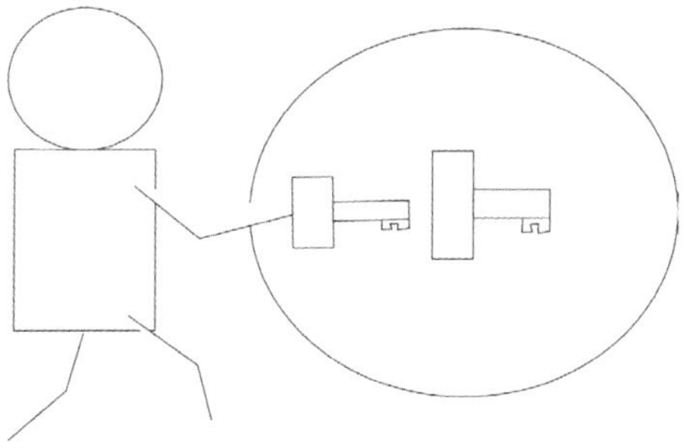

우선 순위는 간격을 인식하는 것이다.
현재 상황과 나아갈 방향을 인식해야 한다.

현재와 미래를 판단하고 나아갈 부분 즉 갭(Gap)을 문제라고 하지 않고, 현재 어디에 있는지도 모르면서 나아가려는 태도를 무모

함이라 부른다.

정확한 분석과 실행계획을 세부적으로 수립하여 진행하려면 창의적 노력이 필요하고, 잘못이 있다면 발견하고 보완하면 되고 과거에서 현재로 나아가기 위한 부분이라면 간격을 줄여야 하는 것이 필요하다. 이를 개선이라고 한다. 실패의 원인을 찾는 것이 문제를 찾는 것이 아니라 개선할 점을 찾는 것이다. 모든 실패를 문제로 정의를 하면 문제의 소지가 있다. 따라서 개선의 방법을 찾는 방법이 나을 듯하다.

(가)

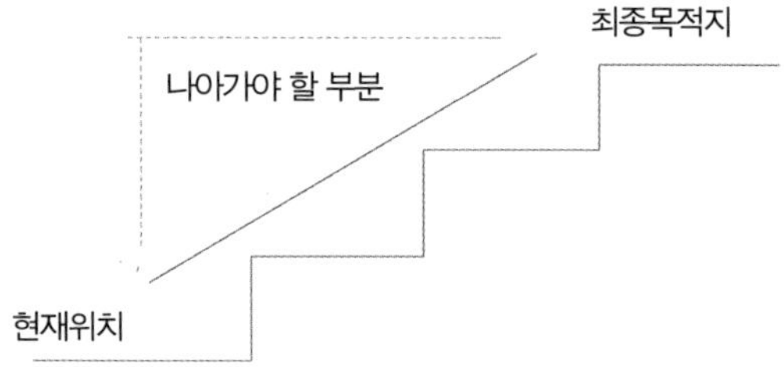

현재를 어떻게 판단하는가에 따라 개선할 부분이 있다. 고등학교 강의를 하면서 학생들에게 자기주도 학습에 대한 메시지를 줄 때가 있다. 온라인 강의를 통해 많은 학생들이 학습을 하고 있다. 원칙을 이해하고 응용하여 문제풀이 과정을 통해 실전 능력을 키워나가는 방법을 학습하고 있다. 또한 학원에서 예습과 복습을 통해 학습을 해나가고 있다. 노력대비 성과가 미흡할 때도 있다. 그러면 실망을 하고 왜 안 되는 걸까? 라는 생각을 한다. 그렇다고 해결안을 찾기 위한 노력보다 습관을 버리지 않는다. 이렇게 해서는 현재 상황을 개선할 수 있는 부분은 없다. 그렇다면 어떻게 해야 할까? 자기주도 학습에 대한 전체 맥을 언급하지만 과목별 공부법을 이 책에서는 언급하지 않는다.

• 자기주도 학습법을 설명을 하면,

1. 오프닝

머리가 아픈 이유? 머리가 무거운 이유?

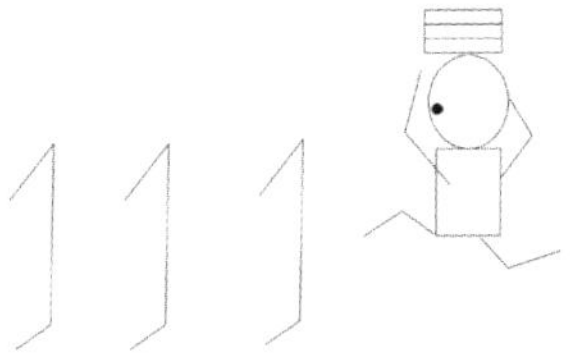

고등학교에서 강의를 할 때였다.

"왜 우리가 공부를 해야 할까?"

"좋은 대학을 가기 위해서요."

"또 다른 생각을 가지고 있는 친구?"

"기회가 많아서요. 대학을 선택할 수 있으니까요!"

공부를 해야 하는 이유를 학생들은 알고 있었고, 공부에 대해 언급을 하면 학생들은 스트레스를 받는 것 같았다.

2. 타이틀

스트레스 관리하듯 공부를 관리하자.

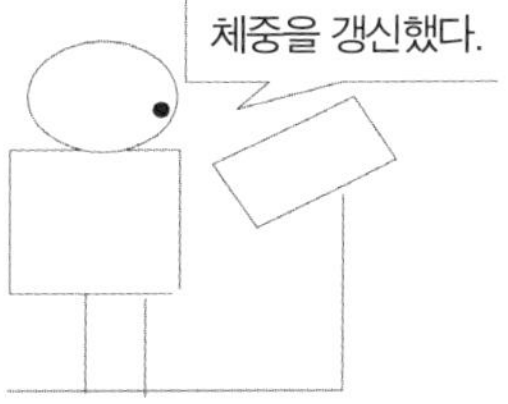

"공부에 스트레스가 있는 것인가? 아니면 성적에 스트레스가 있을까?"

성적 때문인지 공부 때문인지 헷갈리는 모양이었다.

"성적 때문에 스트레스를 받는 것 같아요."

"공부 자체 때문에 스트레스를 받는 친구도 있나요."

"네 저는 공부가 싫은데 공부를 하는 것이 스트레스인 것 같아요."

학생들이 받는 스트레스의 원인은 50:50이었다.

그래서 학생들에게 오늘 강의주제에 대한 이야기를 하며 Spot을 제공했다.

3. Spot

공부는 시스템으로

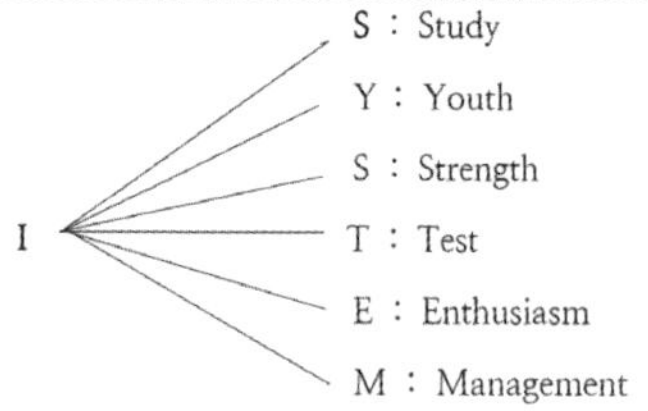

시스템 없이 주먹구구식 공부를 해서는 지치고 더욱 스트레스를 받을 수 있음을 인식시키기 위해 설명이 필요했다.

"공부를 습관적으로 하는 친구 있는가요?"

"네 저는 밥 먹는 시간을 제외하고는 공부를 하는 것 같아요."

"효율성에 대한 평가를 한다면 몇 점을 줄 수 있을 것 같은가요?"

"80점요."

"왜 100점을 주지 못할까요?"

"공부한 시간만큼 성적이 나오지 않아서요."

"그렇다면 어떻게 하면 효율성을 높일 수 있을까요?"

"그것을 몰라서 여기에 앉아 말씀을 듣고 있는 것 아닌가요?"

모든 학생들이 웃는다. 라포(Rapport)가 형성된 것 같아 목차를 설명하기 위해 다음 프레젠테이션 자료를 준비했다.

4. 목차

모형을 먼저 만들어라 그러면 다음을 준비할 수 있다.

"공부모형이라는 말을 들어 본 친구가 있나요?"

"처음 들어 보는데요."

"아마 모두 처음 듣는 말일 거예요."

공부모형을 설명하면서 공부시간, 공부태도, 집중도, 과정별 분석 및 수준, 응용력 등을 계량화시켜 판단해야 될 부분이 있었다. 그들은 항목에 대해 스스로 평가를 하면서 자신의 공부모형을 만드는데 접근을 할 수 있었다.

5. 서론

네가 공부하는 거지! 내가 하는 것이 아니다.

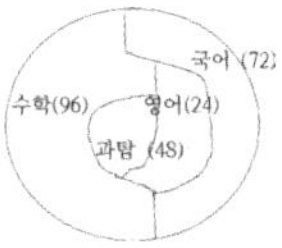

구체적인 부분을 설명을 하면서 공부 모형을 만드는 항목들과 중요성에 대해 언급을 했다.

"공부 모형을 만드는 과정은 이해가 되는데 이렇게 하면 공부 스트레스를 극복할 수 있나요?"

"아마 조금은 극복할 수 있을 겁니다. 매일 매일 성취감을 가진다면 스트레스보다 행복감을 가질 수 있을 것입니다."라면 공부모형에 대한 이해를 도왔다.

6. 하이 포인트(Hi – point)

목표부터 설계까지

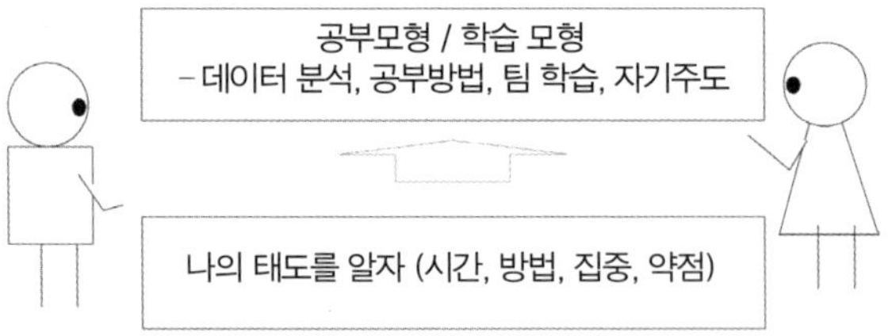

집을 건축할 때 원하는 집을 상상하고 설계하고 자제는 무엇으로 할 것인가를 세부적으로 구상하고 집을 짓는다. 절차를 준수하고 섬세하게 준비하지 않으면 어려움에 처할 수 있다. 그렇기 때문에 설계를 하는 것이다. 공부도 설계를 해야 한다. 공부의 목적과 방향 그리고 자신의 위치 그리고 방법의 분석이 없이는 힘든 길을 갈 수 있다.

분석이 끝나면 과목별 학습 패턴을 정하고 과정별 학습 진행을 위한 단계를 만들어 갈 수 있어야 한다. 또한 자기주도 학습과 팀 학습을 병행하는 것이 효과적이기 때문에 호흡을 함께할 수 있는 소수의 팀원과 함께 하는 것이 도움이 된다. 분량의 학습을 효과적으로 배양할 수 있기 때문이다.

7. 본론

자기 데이터를 분석하라.

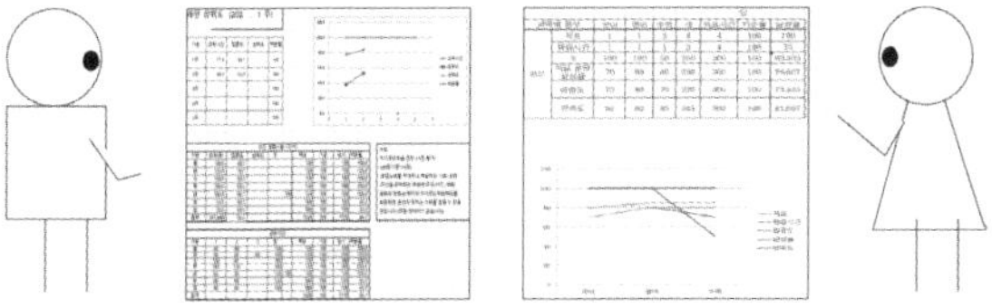

데이터 분석은 자신에게 정직해야 한다. 매일 개선을 위한 자기 발전을 해야 한다는 것이다. 그것은 시험을 통해 평가를 받고 개선할 수 있는 방법을 찾을 수 있다. 그래서 자기만의 공부법을 통해 만들어 갈 수 있다.

7. 본론

자기만의 공부법을 만들어라.(시간 공부법)

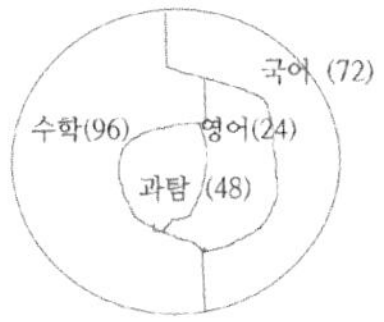

두 번째 내용으로 자신만의 공부법을 찾아야 한다. 예를 들어 서론에서 언급되었던 시간 공부법이라는 자신만의 방법을 찾아서 실

천해야 한다는 것이다. 물론 유연하게 시간관리를 하지만 총 시간은 지켜야 하는 원칙을 세워야 한다. 지키지 못할 약속이던지, 달성 불가능한 방법이라면 해야 할 이유가 없다. 보여주기 식으로 해서는 안 된다는 것이다.

8. Wow-point

우리가 출제 위원이다.(Team-study)

학원을 다니면서 학교에서 부족한 부분을 코칭(Coaching)을 받는 것처럼 시간과 학습 분량에 대한 부분을 충실하게 팀 학습을 통해 보완을 해야 한다. 물론 성의껏 준비를 해야 하며 자신이 출제위원의 입장에서 문제를 만들어 보는 과정을 거치는 것이 도움이 된다. 문제는 팀워크가 무너질 때를 대비한 부분으로 자신만의 공부시간을 확보해야 한다. 그렇지 않으면 팀 학습도 무너지고 개인관리도 어려울 수 있기에 자기주도 학습의 패턴은 유지해야 한다.

개인 출제위원이 되면 수준이 낮은 문제라도 놓치지 않고 점검하는 기회가 될 수 있으니 도움이 전혀 안 된다고는 할 수 없다. 그래서 팀 학습이 필요하다.

9. 결론

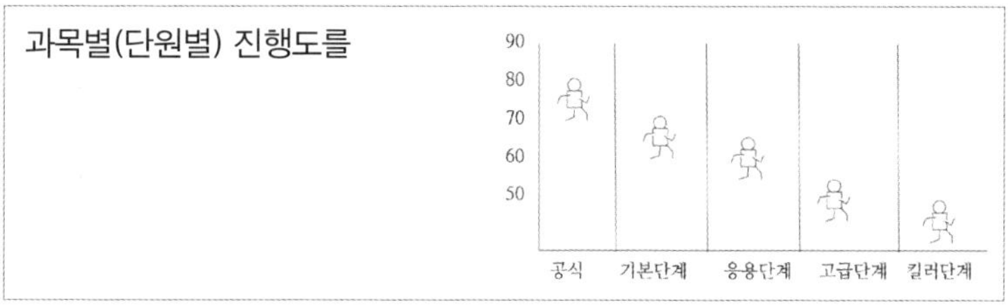

공부를 할 때 오답노트를 작성하듯이 단원별 분석도를 보면서 자신의 약점을 극복하고 발전을 위한 추가 노력을 해야 한다. 따라서 기본에서 킬러 단계까지 도전하는 노력을 해야 한다. 자기 분석과 관리를 통해 극복해 나가야 한다.

10. 아하 포인트 (A - ha - point)

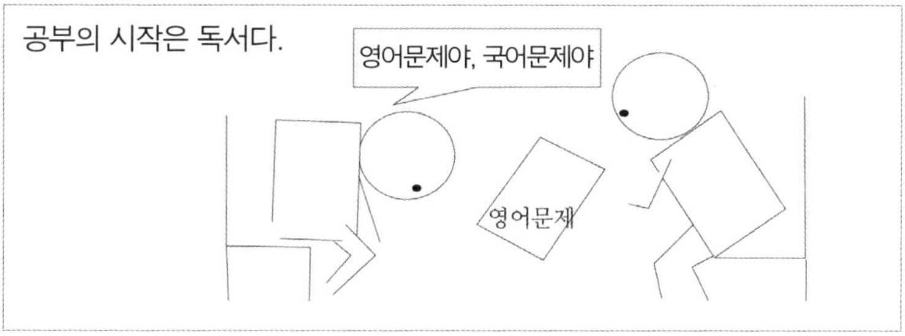

공부는 독서부터 해야 한다. 독서 습관은 하루 20분이면 된다. 안중근 의사의 말도 있다 '하루라도 책을 읽지 않으면 눈에 가시가 돋는다.'라는 말처럼 독서의 중요성을 언급을 했다. 같은 책을 읽어도 평가와 중요성 그리고 핵심키워드가 다르기 때문에 다른 사람의 생각도 중요하기에 이해를 해야 한다.

11. 영감 (Inspire)

코끼리를 냉장고에 넣는 방법을 찾아라.

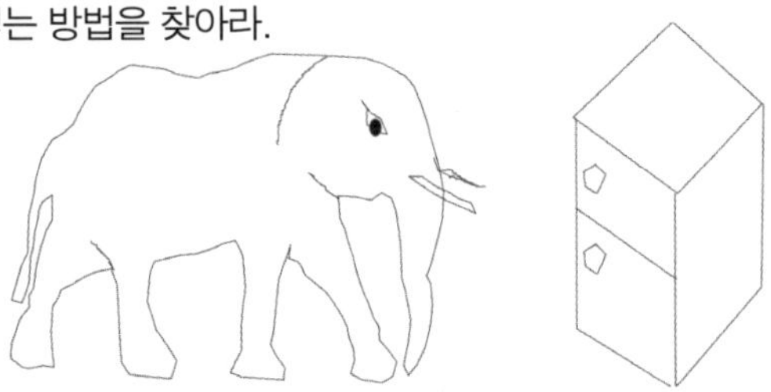

기본적으로 국어과목은 비문학과 문학에 대한 이해와 생각을 타인의 입장에서 생각할 수 있어야 하기에 토론을 해야 한다. 다만 시간은 20분 내에 진행하면 된다. 영어는 외우는 부분이 있기에 당연하지만 독해 능력을 위해서는 문장을 외우는 훈련을 통해 문제를 극복해 가면 되고 마지막으로 수학은 특히 공식부터 킬러 문항까지 자신의 노력으로 단계를 측정해 가면 강점 단원과 약점 단원을 넘어 킬러 문항까지 넘볼 수 있는 자신감을 가질 수 있을 것이다.

결론적으로 자기주도 학습방법 프레젠테이션 제작은 아래와 같다.

에필로그

프레젠테이션에 참가했던 학습자들이 공통적으로 하는 말이 있다. "이것만 배우면 되나요?"이다. '이것만"이라는 말은 맞지 않지만 배우면 된다는 말을 한다. 그리고 문제점을 말한다. 기존의 접근습관을 버리지 않고, 편안함을 찾기 때문이다.

"평상시 훈련을 해야 합니다."

"평상시 어떻게 훈련을 해야 되는지 구체적으로 알려주시면 안 됩니까?"

"물이 어떻게 보입니까?"

"물이 물처럼 보이지 않습니까?"

"그렇다면 색깔은요, 물의 힘은요, 물에 색깔이 있다면요?라는 질문하는 훈련입니다."

"생각의 전환이 필요합니까? 계속해서 학습해야 됩니까?"

"네 학습해야 하고 전환도 필요합니다. 중요한 것은 원칙과 시스템 그리고 접근 단계만 알면 스스로 설득력 있는 프레젠테이션을 할 수 있다는 것입니다. 는 말은 자신 있게 드릴 수 있습니다."

프레젠테이션을 종합예술이라고 말한 적이 있다. 발표자, 청중 그리고 무대가 조화를 이룰 때 강력한 메시지를 만들 수 있고, 공감을 통해 방향성을 유지하고 감동을 줄 수 있다. 그리고 동기를 부여하는 강력한 힘을 가진다. 이를 완성하기 위해서는 타인의 것과 타인의 템플릿으로는 할 수 없다. 따라서 발표자 개인의 생각과 가치 그리고 의도와 목적을 명확히 하기 위해서는 창의적으로 제작을 해야 된다.

책을 통해 프레젠테이션에 대한 개념과 접근 방법을 이해하고 학습해서 도움이 될 수 있다면 더 할 말이 없다.

창의적으로 접근한다는 것은 무에서 유를 창조하는 부분이지만 훈련으로 충분히 극복되리라 생각되며 중도에 포기하지 않는다면 고수가 될 수 있다고 확신한다.

그래서 마지막으로 언급하고자 하는 말은,

첫째, 컴퓨터를 잠시 뒤로 물려라.

둘째, 타인의 것을 물려라.

셋째, 텍스트를 물려라.

3가지를 물리면 더 이상의 배움을 얻을 수 있을 것이다.

진행 프로그램

현재 진행하고 프로그램들은 초등학교 과정부터 최고경영자 과정까지 리더십, 프레젠테이션, 자기주도 학습 그리고 문제해결 과정등 활발히 진행되고 있다.

특히 자기주도학습 과정은 6개월+α 프로그램으로 학생들의 멘탈 관리까지 코칭하여 학생들과 함께 하는 시간을 가지면서 그들의 성장을 돕기에 부모님들이 많은 관심을 가지고 응원을 보내고 있다.

모든 과정에 대해서는 저작권이 등록되어 있는 창의적 프로그램이며 특히 성과물로는 프레젠테이션 경연대회 입상과 고3 수험생의 자기소개서 및 면접을 지원해서 얻은 성과가 최고의 성과다.

스토리가 있는 프레젠테이션 또한 100% 입상을 시킨 경험으로 누구도 흉내내지 못한 프로그램으로 진행하여 창의력과 발표력을 배양시키고 있다.

최근에는 아웃도어 리더십(Out-Door Leadership)을 통해 문제해결능력과 프레젠테이션 그리고 팀워크을 만들어 가는 과정이 많은 관심을 가지고 있고, 학교 단위로 진행이 되고 있다.

과정은 다음과 같다.

○ 과정 명 : I Design 과정 (저자권 등록)

· 대상 : 초, 중, 고, 대, 성인

· 기간 : 대상에 따라 8주~12주 진행

· 과정 목표 : 자신의 삶을 디자인

○ 과정 명 : 자기주도 학습 과정 (저작권 등록)

· 대상 : 중, 고

· 기간 : 12주 과정 (이후 개인 코칭)

· 과정 목표 : 공부 모형 , 학습 디자인 그리고 자기공부법 구축

○ 과정 명 : 프레젠테이션 과정 (저작권 등록)

· 대상 : 중, 고, 대, 성인, 공무원 , 취업준비생

· 기간 : 8주 과정 (구조화 프레젠테이션을 하라)

· 과정 목표 : 구조화 단계 이해 및 창의력 훈련

○ 과정 명 : 면접 및 자기소개서 작성

· 대상 : 고3 수업생, 취업준비생(자기소개서 포함)

· 기간 : 6주 과정 (이후 면접 시까지)

· 과정 목표 : 자기소개서 첨삭 및 실전 면접 훈련

○ 과정 명 : Out-Door 리더십

· 대상 : 중, 고, 대학생(ROTC 후보생)

· 기간 : 4주 과정 , 제주도 외 전국 지역 (2박 3일, 3박 4일)

· 과정 목표 : 체험훈련 진행 (팀 미션 훈련) , 발표

○ 과정 명 : 창의력 과정 (문제해결능력) 저작권 등록

· 대상 : 중, 고, 대학생, 성인

· 기간 : 2일 과정 (4주 과정)

· 과정 목표 : 문제를 파악과 개선을 위한 실행 계획 수립/발표

○ 강사과정 (저작권 등록)

· 대상 : 강사를 희망하는 사람

· 기간 : 12주

· 목표 : 소속강사 및 조합강사 등록(강의 배정 – 테스트 통과 후)

● 문의

· 자기경영연구소 – 본사 제주

(지사 진주) 064 – 747 – 9888

· 협업기관 : 제우스사회적협동조합

프리젠테이션 II

초판 1쇄 인쇄 2023년 5월 22일
초판 1쇄 발행 2023년 5월 29일

지은이 박호범 윤화준 한기정
사 진 최경이
펴낸이 김재광
펴낸곳 솔과학
편 집 다락방
영 업 최회선
디자인 miro1970@ hanmail.net
등 록 제02-140호 1997년 9월 22일
주 소 서울특별시 마포구 독막로 295번지 302호(염리동 삼부골든타워)
전 화 02)714-8655
팩 스 02)711-4656
E-mail solkwahak@ hanmail.net

ISBN 979-11-92404-46-2 13800

값 14,000원